ALLES IST GUT

HELMUT KRAUSSER

ALLES IST GUT

ROMAN

BERLIN VERLAG

FSC
www.fsc.org
MIX
Papier aus verantwortungsvollen Quellen
FSC® C083411

Umschlaggestaltung: ZERO Werbeagentur, München
Typografie: Birgit Thiel, Berlin
Gesetzt aus der Candida von Fagott, Ffm
Druck & Bindung: CPI books GmbH, Leck
Printed in Germany
ISBN 978-3-8270-1202-9

www.berlinverlag.de

für Marius

Es gibt Steine wie Seelen, die sind hingeworfen auf den Straßen. Aber wenn einst die neuen Häuser gebaut werden, dann fügt man ihnen die heiligen Steine ein.

(Nachman von Bratslav)

1. TEIL

I

DER POLNISCHE HAUSMEISTER

Jerzy, der polnische Hausmeister in unsrem Block, ist einundachtzig Jahre alt.

Ein Hutzelhomunkel, nicht eben zwangsjackenhakke, doch eigenstartig bis skurrilst. Jedes Weibswesen, welchen Alters einerlei, spricht er mit »Gneidiges Froilein, wie scheen Sie sein!« an und bezirzt/beschleimt es, als stünde sein Mittelleib noch in vollem Saft und Wuchs. Manchmal holt er aus der Hose etwas hervor, das, denn Jerzy weiß um präzise Grenzen, in seiner Faust versteckt bleibt. Es ist mehr als Witz gemeint denn als Bedrohung oder Angebot. Wenn er über den Hof schlurft und seine fleckigen Hände zittern, könnte man Mitleid bekommen – oder in Verstimmtheit geraten über die hier deplazierte Lethargie des Todes, die einen wie ihn nicht erlösen will. Indes – der Flinkflug seiner Zunge erstaunt, er zäumt sie auf ihren verwegenen Ausritten mit Komplimenten und erotischen Avancen, die an sich peinlich wirken mögen. Von einem reiferen, gnädigeren Standpunkt aus betrachtet, der die Welt und ihre Insassen gründlicher kennengelernt hat und um die Vergänglichkeit allen eitlen Treibens weiß, kann man ihm etwas Drolliges abgewinnen. Und wie als überraschende Pointe, die einen schlechten Witz in eine formidable Anekdote verwandelt, führte er dem Block eines Tages seine Freundin vor. Sie sah ungefähr zwanzig Jahre jünger aus als er, war blond, leicht fettig, in einem preußischblauen Jogginganzug, doch insgesamt – für seine Verhältnisse – durchaus vorzeigbar. Sie küßten einander im Hinterhof, sie schmusten unter der Kastanie. Daß Jerzy dabei jodelte und seltsam eselshafte Brunftlaute ausstieß, solch maskulines Overstatement verwässerte ein wenig seinen Triumph, der still genossen um einiges mehr beeindruckt hätte. Vorgestern dann wurde Jerzy angezeigt, von einer jungen neuseeländischen Touristin, die im Hinterhaus, erster Aufgang zweiter Stock, eine Wohnung (eine heimlich betriebene, nicht als solche deklarierte Ferienwohnung) gemietet hat. Sie fühlte sich »sexually offended« vom Inhalt seiner Faust, den sie als »not completely erected penis« beschrieb, welchen sie jedoch deutlich auf sich gerichtet empfand. Jerzy wurde keine Stunde später abgeholt und in die Psychiatrie verfrachtet. Er war damit zuerst nicht einverstanden, seine Schreie hallten über den Hof, aber die Polizisten setzten eine provisorische Unterschrift auf eine Einverständniserklärung, drohten mit der Alternative des Untersuchungsgefängnisses, warben mit einer kostenlosen ärztlichen Untersuchung und priesen das warme Essen, das er dort zweimal täglich erhalten würde. Die optische Problematik der Festnahme eines Überachtzigjährigen schien selbst den Staatsbeamten recht wohl bewußt, auf der anderen Hand lagen mögliche Schicksale von Frauen, denen von Jerzys Gemächtle Traumata drohten. Die Situation erforderte Fein-, ja Fingerspitzengefühl, zumal Jerzy den ihm gemachten Vorwurf strikt bestritt. Seine Faust sei weder offensiv gemeint noch genital gefüllt gewesen. Ein leeres Versprechen also. Wie auch immer. Die Vollzugskräfte der Staatsgewalt nahmen ihn in Gewahrsam, und im Karree, ganz ehrlich gesagt, begrenzte sich der Proteststurm auf ein paar höfliche Widerworte. Zu oft waren in jüngster Vergangenheit aus dem Hinterhof Fahrräder verschwunden, sogar teure und schwer angekettete – und irgendwer mußte ja nächtens dem Diebsgesindel die Pforte geöffnet haben. Jerzy war durch seine Herkunft in der Pole-position der üblichen Verdächtigen. Entschuldigen Sie das Wortspiel, aber ich bin etwas betrunken, und so schlecht ist es gar nicht. Ich bemühe auch kein Klischee, ich habe mich erkundigt. Es *gibt* polnische Diebe. Viele im Block atmeten insgeheim durch, nachdem Jerzy unsrer Mitte entrissen war.

Es ist jetzt drei Uhr morgens. Ich ersinne soeben für meine neueste Oper eine Passacaglia, nichts, was man eben mal so hinspritzen kann. Vom Hof her stört mich Gebrüll. Es hört und hört nicht auf. Es ist weibliches, spitzes Gebrüll. Und hört und hört nicht auf. Ich gehe zum Fenster, das erschrickt, weil ich es öffne. Nach so langer Zeit wieder einmal. Frischluft dringt in mein Zimmer. Im Hof steht die preußischblaue Blonde. Und hört und hört nicht auf. Sie hält eine Taschenlampe in der linken Hand, mit der rechten vollführt sie Attacken wider den eigenen Kopf, greifvogelgleich, reißt sich

Haare aus und zetert. Ihr Zorn richtet sich auf den zweiten Stock, auf die Wohnung mit Neuseeländerin. Der hat sie aber mordswas zu sagen. Runterkommen soll sie, die Lügnerin, die Verleumderin, die Feministin, runterkommen und von Frau zu Frau reden, die Feiglingin, Lügenbaroneß, Schweinebackenkackbratze.

Ich sehe aus dem Fenster und luge schräg nach oben, in den zweiten Stock. Es brennt dort Licht, aber die Fenster sind geschlossen, die Jalousien heruntergelassen. Die junge Frau vom anderen Weltende ist anscheinend nicht willens, der Einladung zu folgen, sie hat bestimmt Angst, verständliche Angst, denn die Preußischblaue schlägt ihr eine Mastdarmspiegelung ohne medizinisches Gerät vor und allerlei, was in eine ähnliche Richtung weist.

Was bedeutet, es muß nun wer die Polizei anrufen, und wer ruft schon gern die Polizei an, aber sonst hört und hört das nicht auf, also wird jemand die Polizei anrufen, es ist nicht mehr wie früher, als niemand in diesem Viertel die Polizei angerufen hätte, solange nicht mindestens eine Blutpfütze – und ich, ich hocke im ersten Stock zwischen Preußischblau und Lügenbaroneß und möchte eine Passacaglia schreiben, und ich hätte ja ein Luftgewehr, aber vielleicht muß es nicht zum Äußersten kommen, es würde vollauf genügen, die paar Schritte nach unten zu laufen und die Heulboje bewußtlos zu schlagen mit einem einzigen Kinnhaken, oder mit dem Feuerhaken, das wäre noch versprecherischer. Oder doch die Polizei? Sonst hört und hört das nicht auf. Vielleicht wirft man die Preußischblaue zu ihrem Jerzy in die Zelle. In die überall gepolsterte Zelle.

Plötzlich rattert eine Jalousie nach oben, in der Tonleiter etwa vom eingestrichenen g rauf zum fis'', ein Fenster öffnet sich, ein Eimer ist zu sehen, ein voller Eimer, dann Wasser, oder wenigstens etwas Flüssiges im freien Flug, dann ein leerer Eimer, dann eine triefendnasse, wild mit den Armen wedelnde Preußischblaue, all das ist zu sehen in weniger als vier Sekunden. Phantastisch. So geht's auch.

Die hinterhöfischen Beifallskundgebungen, das Klatschen, die Woo-Hoo!-Rufe, die Bravi und Da-Capos – müßte man erfinden, denn natürlich unterstützt hier niemand eine Touristin. Alle haben ihr Schnäuzelchen gestrichen voll von dem Rollkofferpack. Bis auf den Hundsfott, der die Wohnung schräg über mir illegal an Touris vermietet und am Tag achtzig schwarze Euro kassiert. Dem geht bestimmt die Düse, so aufgeflogen wie er ist. Es klingelt.

Draußen steht die Preußischblaue. Sie sei naß, ansonsten April. Ob sie mein Bad benutzen dürfe, meine Dusche, das heiße Wasser meiner Dusche, ob ich vielleicht leihweise ein paar Gegenstände für sie hätte, Kleidungsgegenstände wie Jogginghose und ein paar T-Shirts, die bringe sie mir dann am nächsten Tag gewaschen zurück, sonst müsse sie jetzt hinaus in die kühle, frostvolle Nacht, ach, sie würde so gern dem Aas aus Neuseeland die Tür eintreten und dann die Bauchdekke und dann die Nase und dann, aber, Problem sei ja die Justiz, und ob ich nicht zugunsten Jerzys aussagen möchte, daß er sich nie exi, exibitzi, also aufgedrängt hat mit Minimäxchen in der Hand. Ja, sage ich, hier ist das Bad, und gern gebe ich zu Protokoll, der alte Jerzy habe mir nie, also nicht so genau, seinen Restbestand gezeigt, alles, auch heißes Wasser, aber im Gegenzug solle, wie sie eigentlich heiße? Tamara. Im Gegenzug solle Tamara ehrlich zu mir sein und zugeben, daß Jerzy die Fahrräder geklaut hat. Ja, das schon.

Ich wechsle wieder die Erzählzeit, von nun an Präteritum, denn seit dieser Nacht, die eben noch so gegenwärtig erschien, auch mir selbst, sind fast acht Monate vergangen. Ich hätte mir eine andere Genesis ausdenken können, keine Frage, eine noblere und plausiblere Geschichte, in der Personen des gesellschaftlichen Unterbaus, wie Jerzy oder Tamara, keinen Platz gehabt hätten. Doch das Leben ist verrückt, und ich möchte der Letzte sein, der alldem nachträglich einen Plan, einen tieferen Sinn überstülpt. Das tun schon andere. Man überstülpt uns tagtäglich. Wir sind am Ende immer die Überstülpten. Das ist keine Paranoia. Wie wahrscheinlich war es denn, daß Tamara ausgerechnet jemanden wie mich traf? Manchmal gerät selbst das rationalste Denken ins Wanken, und man erwägt die Vorstellung, daß der Himmel sich allerlei derbe Späße mit uns Irdischen erlaubt. Vielleicht wissen wir eines Tages mehr.

Verzeihen Sie mir übrigens, wenn ich trinke. Das gehört sich eigentlich nicht, wenn man realistisch und objektiv Bericht erstatten will. Leider muß ich ein wenig betrunken sein, um das hier niederzuschreiben. Damit es dem Geschehen angemessener gerät. Manchmal wird es wirken, als wäre ich grade *sehr* betrunken, aber das ist nicht wahr. Ich halte mich im Zaum, um nichts zu übertreiben. Als das, was ich erzählen will, geschah, ja, zugegeben, da war ich manchmal sturzbetrunken. Anders hätt ich es nicht durchgestanden.

Ich bin gerne hier. Hier war alles noch erträglich.

Tamara ließ die Tür zum Bad zwei, drei Spaltbreit offen und praßte mit Lob für meine Liebenswürdigkeit.

In dieses Niveau wollte ich mich nicht hineinlassen. Meine Nacht war versaut genug.

Ein wenig ins Plaudern kamen wir doch, so von Diele zu Wanne. Was eine Passacaglia sei, wollte sie wissen, ihr Jerzy habe als junger Mann auch ein Instrument gespielt, sie habe den Namen vergessen, er könne es auch nicht mehr spielen, da seine Finger zu sehr zittern, das namenlose Instrument sei verpfändet worden, es tue ihr leid wegen der Fahrräder, das Instrument sei eine Art Blasinstrument gewesen, sie selber ganz unmusikalisch. Leider.

In Jerzys kleinem Hausmeisterkabüffchen lägen noch Noten herum, ob ich Verwendung dafür hätte? Jerzy nämlich habe keine mehr, und sie, Tamara, wolle sich unbedingt für mein Entgegenkommen mit einem Gegenentgegenkommen revanchieren. Sie trug inzwischen eine meiner ausrangierten Cordhosen und ein paar XL-T-Shirts. Auf ihre Bitte hin hatte ich eine Flasche Kochwein entkronkorkt. An Arbeit war ohnehin nicht mehr zu denken.

Sie erzählte, wo sie Jerzy zuerst begegnet war, in einem Supermarkt, wo er ihr die schwere Einkaufstasche tragen half, und was sie so reizend an ihm fand: Sein Geständnis, er habe ihr die Einkaufstasche stehlen wollen, habe sich nun jedoch in deren Eigentümerin eigentümlich verliebt und bitte um Begnadigung für die geplante Missetat – mit diesen mutigen Worten habe er ihr Herz berührt. Ein eifriger Küsser und Streichler sei Jerzy, ein Knuffling, ein Gentleman – und Erektionen habe er höchstens noch zweimal im Jahr. Sie sah mich dabei an, als erwähne sie eine freie Stelle, für die ich in Frage käme. Mit einem leisen Seufzen, begleitet von einem großen Bedauern, offenbarte ich ihr, schwul zu sein.

Mehr passierte kaum. Sie ging heim, wo immer das war, und gut. Ich, etwas betrunken, schrieb noch ein, zwei Noten in meine Datei, doch sie waren nicht die richtigen, nicht diejenigen, die nötig gewesen wären, den Abend zu retten.

Den nächsten Tag verbrachte ich größtenteils im Tonstudio, wo meine *Glitzernde Finsternis* aufgenommen werden sollte, ein Zyklus aus fünf neoimpressionistischen Kunstliedern.

Der Tenor war hervorragend, ein junger Finne, der bald seinen internationalen und hochverdienten Durchbruch erleben würde. Am Klavier saß ich selbst, was sich als anstößige Idee entpuppte, denn ich bin ein beschissener Pianist und komponiere Sachen, die ich selber nicht adäquat zu spielen vermag. Es ging wie immer ums Geld, ich hatte die zweite Gage sparen wollen, in der Annahme, die Tricks der Technik, die ein modernes Studio zu bieten hat, würden über meine Unsicherheiten und Patzer hinweghören helfen. Natürlich war das im Prinzip auch möglich, beinahe alles ist möglich, aber die Nachbearbeitung würde eine Flickschusterei sein, würde in ein elendes Gefummel und Gepfriemel ausarten, und die dafür benötigte Studiozeit würde mich letztlich genauso teuer kommen wie ein Profipianist. Ich schämte mich vor der Crew und dem Finnen. Bertram, telefonisch um Hilfe gebeten, rettete mich. Bertram ist einer der Korrepetitoren an der Staatsoper, ein Hexenmeister, der praktisch alles, was menschenmöglich ist, vom Blatt spielen kann. Wir sind seit Jahren befreundet, und er schuldete mir keinen Gefallen, deshalb gab ich ihm für zwei Stunden Arbeit 500 Euro. Er hätte es auch für weniger gemacht, aber das wäre stillos gewesen, und man muß Wert darauf legen, daß Freunde, die man um Hilfe bittet, den Anlaß in guter Erinnerung behalten. Mein Kontostand war beklemmend. Sollte es mit dem Auftrag für Hamburg nichts werden, ich hatte da etwas in Aussicht, weder ganz vage noch konkret – ein furchtbarer Aggregatzustand, der einen zum Esel mit Möhre vorm Maul degradiert –, dann, ja dann ... Was dann? Immer öfter suchte ich Antwort im Wein, der einem nur seine ganz eigene Wahrheit erzählt. Er gab mir Mut und Zuversicht und die Chuzpe, nachts lange Mails an Dramaturgen und

Intendanten zu versenden, des ungefähren Inhalts, daß ich – und nur ich –, der Retter der Gattung zeitgenössische Oper sein werde, der Messias, der die zu Museen verkommenen Opernhäuser mit ihrem immergleichen Repertoire aus hundert abgenudelten Standardwerken in Stätten neuer gesellschaftlicher Relevanz zurückverwandeln wird, der ein junges Publikum in Bann schlägt, mit spannenden Stoffen und betörender Musik, ohne all den neutönerischen Schnickschnack, der im Grunde nicht viel anderes erreicht hat, als den Jahrtausende gültigen Vertrag zwischen Künstler und Publikum, sich gegenseitig zu unterhalten, auszuhebeln. Obwohl man das Beste im Sinn hat und die Alternative nur die völlige Marginalisierung der Oper und die Schließung vieler Häuser wäre, wird man, solches verkündend, schnell schief angesehen und als Populist beziehungsweise gar als Reaktionär eingestuft und befeindet. Wobei – soweit war ich noch gar nicht. Ich wurde weder befeindet noch sonstwie beachtet. Meist erhielt ich auf meine Mails gar keine Antwort, und wenn doch, dann eine vorsichtige, hinhaltende. Mein Gemüt war ausgefranst und müde, mein Nervenkostüm zerfurchte Fassade. Hier und da hatte ich kleinere Arbeiten untergebracht, ein Streichquartett, zwei sechsstimmige Chorsätze, eine Suite für kleines Orchester, für ein Negligé von Honorar. Geduld war noch nie meine Stärke. Und der Liedzyklus, die *Glitzernde Finsternis*, bestand aus sinnlos vor die Säue hingeworfenen Perlen. Kein Schwein interessiert sich für *Lieder.*

Als ich aus dem Studio heim nach Kreuzberg fuhr, dachte ich über diverse Möglichkeiten eines möglichst schmerzreduzierten Selbstmords nach. Auf der Fußmatte vor meiner Wohnung lag ein Paket. Jeder Vorüberkommende hätte es aufheben und mitnehmen können. Es enthielt zwei T-Shirts, gewaschen und gebügelt, eine Cordhose und einen braunen Umschlag, DIN-A5. Darin eine Postkarte mit Grüßen von Tamara und einem nochmaligen Dank für meine Hilfsbereitschaft. Der Rest waren gilbfleckige, von Hand geschriebene Noten, insgesamt an die fünfzehn Seiten, auf sehr dünnem, sehr altem Papier. Die Noten wirkten wie von einem Kind – mehr gemalt als geschrieben. Offensichtlich erste Notizen eines Schülers, ganz simple einstimmige Tonfolgen, wahrscheinlich für ein Blasinstrument geschrieben, ohne Triolen, Ornamente, Triller oder schwierige Sprünge. Vom Tonumfang her vielleicht für eine Es-Klarinette bestimmt. Nichts Interessantes. Kein wundersam wiederaufgetauchtes Werk von Mozart oder Bach. Ich legte die Blätter neben den Fernseher, auf den Stapel mit den Rechnungen, und öffnete eine Flasche Amarone, auf die ich mich schon den ganzen Tag gevorfreut hatte. Aus der Stereoanlage machte sich die *Glitzernde Finsternis* breit. Tolle Lieder. Aber es ist das grausame Los eines jeden Komponisten, daß er nach einiger Zeit die eigene Musik nicht mehr hören kann.

Später am Abend kam überraschend Sonja, meine Freundin, zu Besuch und machte mit mir Schluß, weil sie im Netz einen neuen Mann kennengelernt hatte. Mein ständiges Gejammer darüber, nicht aufgeführt zu werden, sei ihr in den letzten Monaten auf den Keks gegangen.

Gejammer? Ich will über Sonja kein weiteres Wort verlieren, da sie es weder wert wäre noch irgendeine Rolle spielte bei dem, was nach ihr kam. Ihr Auftritt und Abgang hatte meine ohnehin poröse Befindlichkeit allerdings noch eine Spur desaströser gestaltet. Selbst den erbetenen finalen Trennungssex hat die Bestie mir verweigert.

Mein Nikotinkonsum stieg sprunghaft an. Rauchen, ohne dabei zu trinken, ist eine Medaille mit nur einer Seite – geht nicht. Kein Sex mehr. Bedeutet: Es gab auch keinen Grund mehr, mich täglich zu rasieren, zu duschen, meine Wäsche zu wechseln. Und mit der Verwahrlosung kam die Antriebslosigkeit.

Ich war erfahren genug, um zu wissen, daß ich mich nicht ins Schwert, sondern in die Arbeit hätte stürzen müssen. Oder sollte ich mit der Suche nach Sonjas Nachfolgerin beginnen? Vielleicht eher das. Doch für erotische Ablenkungen der gewerbsmäßigen Art war kein Geld vorhanden, und bei der Vorstellung, mich mit Frauen zu treffen, denen ich stundenlang Schwänke aus meinem Leben erzählen und ein positives Selbstbild vorgaukeln müsste, nur um am Ende in ihnen ein paar Milliliter destillierten Trennungsschmerz loszuwerden, beim Gedanken daran erfror ich von innen.

Kalendarisch gesehen begann – irgendwo da draußen – der Mai, während mein geistiger Gefrierbrand beängstigende Ausmaße annahm. Freunde, die mir Kredit geben konnten, gab es ein paar, doch derlei hätte nur aufschiebende Wirkung gehabt. Und darum ging es auch nicht. Es sind romantische Begriffe, die man nicht beliebig oft verwenden sollte, aber es gibt in der »Seele« eines Künstlers eine Art »heiliges Feuer«, das mindestens noch glimmen muß, damit daraus mal wieder eine Flamme wächst. Sonja hat gepißt auf – ach, ich wollte ihren Namen nicht mehr erwähnen. Im Hof, auf dem Wipfel der Kastanie, saß eine Elster, das ist auch so ein widerliches Vieh. Ihre Schreie weckten mich regelmäßig am frühen Morgen, dagegen mußte ich antrinken.

Eine Woche verging, mit Nichtstun, Tiefkühlpizza und tollen amerikanischen TV-Serien, denen ich nicht genug Dank dafür sagen kann, daß ihre Bilder mich betäubten. Danke, danke, danke! Es ist eine alte Geschichte, und doch wird sie von jeder Generation immer wie etwas unfaßbar Neues erzählt. Wo man doch spätestens mit Mitte dreißig genau weiß, was kommt. Irgendwann ist es nicht mehr ganz so schlimm. Es wird besser. Und dann kam der Anruf. Der Orchestermanager der Hamburger Kammersinfonie fragte an, ob ich noch Interesse an einem Auftrag hätte, es sei überraschend ein Programmplatz vakant geworden, für das Konzert im September. Natürlich sei das sehr kurzfristig, aber das Stück solle auch nur kurz sein, sieben, höchstens zehn Minuten, gesetzt für einundzwanzig Instrumente, das müsse zu schaffen sein.

»Sie«, sagte der Manager, »haben uns doch mal angeboten, eine Tondichtung zu schreiben, und wir haben ja alle erst mal gelacht und gedacht – wer ist der? Richard Strauss? Aber dann fanden wir es plötzlich reizvoll, mal ein Konzert mit zeitgenössischer Neotonalität zu machen, die anderen Programmpunkte sind Martynov und Pärt – also, das ist Ihre Chance, sind Sie dabei?«

»Und was ist mit Honorar?«

»Honorar?«

Ein irritierender Moment der Stille.

»Ich meine«, sagte ich, »gibt es Geld?«

Ein tiefes nasales Luftholen am anderen Ende der Leitung. Dann eine kurze Ansprache, halb entgeistert, halb angewidert.

»Wir zahlen Ihnen Bahnfahrt zweiter Klasse, Unterbringung in einem Dreisternehotel mit Frühstück. Wir führen Ihr Stück auf, und von mir aus dürfen Sie die Aufnahme ins Netz stellen. Am Ende gibt es einen Blumenstrauß. Was wollen Sie noch?«

Ich zögerte. Im Grunde hatte der Mann recht.

»Na, die Frage ist, zahlt ihr mir das Stimmenmaterial? Ich habe doch keinen Verlag, ich muß die Stimmen einzeln ziehen, heften und binden, dafür ist eine Leihgebühr üblich.«

»Ach so. Na ja. Gut. Was haben Sie sich denn da vorgestellt?«

»Zweitausend Euro.«

»Verehrter Herr Brandt, das kriegen Sie vielleicht bei den Philharmonikern. Wir sind ein kleines, von der Politik kaputtgespartes Ensemble, uns steht das Wasser bis Unterkante Oberlippe, Mensch!«

»Was bekommen denn Pärt und Martynov?«

»Ja nun, hoho, also, ich bitte um Entschuldigung für meine freimütige Rede, aber das sind doch wohl – ähm«, (Pause), »*erfahrenere* Kollegen. 1000 Euro. Mehr gibt's nicht.«

Kurz erwog ich zu feilschen, aber ich wollte den Auftrag nicht noch gefährden. Demütigung ist immer eine relative Sache. Es war ein Auftrag, es war Geld, das mich einen Monat lang vor dem Gang zum Arbeitsamt bewahrte, es war eine Motivation, die ich noch nie so dringend benötigt hatte, und am Ende würde ich sieben bis zehn Minuten Musik in Händen halten, Musik, gespielt von einem fast schon Orchester zu nennenden Klangkorpus, Musik, die für mich werben konnte. Aufträge ziehen Folgeaufträge nach sich. So muß man das sehen.

»Ach, noch etwas!«

»Ja?«

»Was immer Sie fabrizieren – egal, wie gut es wird –, nennen Sie es bitte nicht *Tondichtung*, ja? Wir sind für manchen Spaß zu haben, aber lächerlich machen wir uns nicht gern.«

Mit meinem knapp hingeknurrten *Naschön* endete das Gespräch.

Ich hätte irgendein Intermezzo aus einer meiner Schubladenopern nehmen und ein wenig umarbeiten können. Sich selbst darf man beklauen. Kein Mensch kennt die Hamburger Kammersinfonie. Deren Konzerte werden in der Regel nicht mal im Radio ausgestrahlt. Aber ich begriff den Anruf als eine Art Rettungsanker, der mir von den Göttern, oder dem Zufall – dazwischen liegt soviel –, heruntergeworfen wurde. Ich wollte arbeiten, unbedingt.

Eine besondere Herausforderung war, daß ich ausdrücklich etwas Tonales abliefern sollte. Für den Fall, daß einem nichts einfällt, kann man ansonsten immer noch Krach generieren, solange man dem Unsinn ein wenig Struktur gibt. Solche Musik ist leicht herzustellen. Man nimmt zur Not fünfzig zeitgenössische Partituren und nimmt aus jeder vorn einen Takt und hinten einen Takt. Das sind hundert Takte, die, ein bißchen zurechtgeschüttelt und -gezupft, aneinandergereiht erstaunlicherweise immer etwas ergeben, was auf Donaueschinger Avantgardisten interessant und handwerklich gediegen wirkt. Da keiner der gestohlenen Takte irgendeinen melodischen Wiedererkennungswert aufweist, bemerkt keiner der Komponisten den Diebstahl, und wenn doch, so glaubt er, man habe ihn zitiert, und wenn er einem das vorhält, sagt man ihm, es sei selbstverständlich als Hommage gemeint gewesen.

Nicht, daß ich das schon jemals gemacht hätte. Ich besitze überhaupt keine fünfzig zeitgenössischen Partituren. Das Wissen aber, daß ich dergleichen machen könnte, wenn mein Talent sich einmal als minderwertig erweist, hat mich von jeher beruhigt.

Ich brauchte einen Titel. Wenn einem nicht sofort etwas Grandioses einfällt, nimmt man die Hölderlin-Gesamtausgabe und schlägt sie an irgendeiner Stelle auf. Gibt fast immer was her. Und wie. Ich nahm also den Ziegelstein aus dem Schrank und las in den Anmerkungen auf Seite 982: *Fragment aus Hyperion*: »Alles muß kommen, wie es kömmt. Alles ist gut.«

Das war gut. Programmatisch, erhaben, optimistisch, provokant.

Wenn man fleißig ist, kann man an einem Tag eine Minute Musik für kleines Orchester schreiben. Na, seien wir ehrlich: Wenn man *richtig* fleißig ist, also unter dem Einfluß von Drogen und Folterknechten steht, kann man auch zehn Minuten schaffen. Im Falle von *Minimal music* wären es noch einige mehr, weil man vieles mit einem einzigen Mausklick kopieren kann. Ich wollte noch im Mai mit *Alles ist gut* fertig werden, damit ich mich um eine neue Freundin kümmern konnte. Schludern wollte ich nicht.

Neotonale Musik muß sich rechtfertigen durch Melodien, die wirkungsvoller und überwältigender sind als jene der Popmusik. Und es werden noch Jahrzehnte vergehen, bis Computer die Parameter herausfinden, wie eine große, wirkungsvolle Melodie zu konstruieren ist. Das Melos ist die letzte Terra incognita auf Erden. Ein neotonaler Komponist ist also von irgendeiner Art Inspiration abhängig. Nicht jeder befindet sich gern in einem solchen Abhängigkeitsverhältnis. Manchmal verstehe ich meine Gegner, die mehr nach mathematischen Prinzipien arbeiten.

Und dann klingelte Jerzy bei mir. Man hatte ihn aus

der Psychiatrie entlassen und das Strafverfahren überraschend eingestellt, wohl aus dem hauptsächlichen Grund, weil die neuseeländische Touristin heimgekehrt war und sich nicht bereit zeigte, für ein Gerichtsverfahren noch einmal die Reise nach Berlin zu unternehmen.

Jerzy wirkte sehr unruhig. Seine Lider zuckten häufiger als sonst, und seine Lippen befanden sich in einer Schieflage, die eine ausgesprochen skeptische Stimmung andeutete.

Es gehe um Tamaras Geschenk. Die Noten. Tamara hätte diese Noten nicht ohne seine Zustimmung verschenken dürfen. Warum um aller Herren Länder sie das getan habe?

»Weil ich Komponist bin«, sagte ich. »Sie dachte, ich könne das Zeug brauchen.«

»Ach? Sie sind Komponist? Na gut, das erleichtert mich ein bissele. Sie wissen, ich bin alt … Hätt ich die Noten wohl mal irgendwem geben sollen, aber bittschön wem? Das mir nie wurde gesagt. Komponist. Gut. Mag gut sein.«

Ich fragte ihn, warum er solch ein Aufhebens um diese Noten mache, die seien doch offensichtlich von einem Kind niedergeschrieben worden. Er zögerte die Antwort hinaus, dann endlich redete er, und ich glaube, es war das erste Mal, daß er jemandem davon erzählte. Ich kann mich an seinen genauen Wortlaut nicht erinnern, drum gebe ich, was er sagte, einfach in ortsüblichem Deutsch wieder ohne all die verfärbten Vokale und grammatikalischen Rochaden.

»Nein, ein Kind war das nicht. Es war, so erzählt man sich, der Rabbi Mordechai Gershon, der Großvater vom Narren Elieser Gershon in Warschau. Den hab ich aber schon nicht mehr gekannt. Ich war damals zehn Jahre alt und einer der wenigen Nichtjuden im Ghetto. Ich durfte hinein und wieder hinaus.«

»Warum?«

»Ich schmuggelte. Ich verdiente Geld mit Schmuggeleien. Ich brachte den Leuten Dinge, die sie zum Leben brauchten, und verdiente mir damit ein Zubrot. Wir waren sehr arm. Eines Tages bat man mich, etwas mitzunehmen. Ein Bündel von alten Papieren, ich sollte sie aus dem Ghetto schmuggeln und aufbewahren, ich sollte einfach nur ihre Existenz sicherstellen.«

Ich erfuhr so allerhand. Die Musik auf diesen Bögen sei sehr alt, und dieser Rabbi Rhabarber habe sie einmal abschreiben müssen, weil die Originale zerfallen seien, zerbröselt wie Schmetterlingsflügel in Kinderfingern. Mordechais Handschrift möge unsicher wirken, aber er sei, zu seiner Zeit, ein erwachsener Mann gewesen. Und seriös.

Ich kann das bestätigen. Es gibt erstaunlich viele Komponisten mit infantil-unbeholfener Handschrift.

»Die Papiere wogen praktisch nichts, und ich hab die Bögen bei mir zu Hause in den Schrank gesperrt. Der Aufstand im Ghetto ging los, und alle, denen ich sie hätte zurückgeben können, wurden von den Deutschen getötet. Vielleicht hätte ich sie einmal einem hier ansässigen Rabbi ausliefern sollen, ja, mag sein, ich hab nie die Zeit gehabt dafür. Eigentlich würde ich die Papiere nicht soo gern einem Deutschen geben, verstehen Sie? Das ist nicht persönlich. Aber nun sind Sie ja nicht *nur* Deutscher, sondern auch ein Komponist, sagen Sie mir: Was ist so wichtig an dieser Musik?«

»Nichts«, sagte ich. »Das ist ziemlich ... unbedarft. Bedeutungslos.«

»Diese jüdischen Rabbiner waren Religiöse, wissen Sie, aber nicht dumm. Denken Sie noch einmal nach, bitte, irgendeinen Grund wird man gehabt haben, um deswegen Trara zu machen ...«

»Ich denke, lieber Jerzy, wenn die Bögen wirklich eine Bedeutung besäßen, würde man nicht Sie, ein zehnjähriges Kind, gebeten haben, sie aufzubewahren.« Als ich das sagte, wurde Jerzy richtig pampig.

»Ach, Sie sind noch jung und haben keine Ahnung. Überall Feuer und Blut. Chaos. Und halbtote Jidden und um sich schießende Deutsche und dazwischen Spione und Verräter! Wen hätte man in dieser Lage fragen sollen, wenn nicht einen wie mich? Der Krieg macht jedes Kind fünf Jahre älter, wissen Sie? Vielleicht dachte man, daß die Noten bei einem Kind am sichersten aufgehoben sind. Und vielleicht waren die Noten umso sicherer in meinen Händen, weil ich eben keine Ahnung hatte und immer noch nicht habe, was daran wertvoll sein könnte.«

Ich sah Jerzy in die Augen und merkte, daß er irgend etwas für sich behielt.

Ob er nie versucht habe, mehr über die Noten zu erfahren?

Ja, habe er, gab er schließlich zu. Natürlich. Er habe sie mal einem Musikalienhändler gezeigt und sogar einem Professor für Judaistik. Und einem Dirigenten.

»Und?«

»Haben alle dasselbe gesagt wie Sie: Blödsinn. Materieller Wert praktisch null.«

»Dann darf ich das Geschenk also behalten?«

»Geben Sie noch fünfzig Euro, dann ist es gut.«

»Ist mir zu teuer.«

»Zwanzig?«

Ich bot ihm ein Pfund Kaffee an. Wir gaben uns die Hand.

II

JUNI UND JUNE

Im Juni trat June in mein Leben. Das ist kein doofes Wortspiel. So geht es zu in der Welt.

June kam durch die Tür, sah mich an, und im nächsten Moment küßten wir uns. Jedenfalls fühlte es sich so an, wie etwas Zauberisches, von Feenhand gestreut.

June liebte mein Streichquartett, und das einzige, was daran nicht stimme, sei die Tatsache, daß ich es für Sonja geschrieben hatte. Kein Problem. Ich tilgte die Widmung auf YouTube mit einem einzigen Klick. In hundert Jahren wird demnach nichts mehr an Sonjas Existenz auf Erden erinnern. Ihre Schuld, nicht meine. June kam aus Aurora, Illinois, um in Deutschland Gesang zu studieren. Sie war ein Mezzo mit guten Höhen und schlanker Taille. Ihre Stoppelfrisur wirkte lesbisch, ein wenig ähnelte sie Sinead O'Connor, nur nicht so hübsch. An den letzten vier Worten erkennt ein aufmerksamer Intellekt, daß wir inzwischen nicht mehr zusammen sind. Aber einige Monate, sicher die seltsamsten meines Lebens, durfte ich sie genießen. Für einen Komponisten ist es ein Glück, mit einer verliebten Sängerin zusammenzusein. Man muß sie für Aufnahmen nicht bezahlen, und ich schrieb auch gleich ein paar Lieder für ihre Stimmlage, die recht gut geworden sind. Apropos gut. Die siebenminütige Skizze für Kammerorchester *Alles ist gut* hatte ich beendet, aber noch nicht nach Hamburg abgeschickt. Das Stück war okay, aber nicht so okay wie erhofft. Nicht genug, um den hochtrabenden Titel zu rechtfertigen. Die Hauptmelodie war einnehmend, jedoch nicht bezaubernd oder gar euphorisierend. Für die Hamburger Kammersinfoniker ausreichend, durchaus, doch meinen eigenen Ansprüchen genügte es nicht.

Weil ich emotional so sehr mit June beschäftigt war, kann ich nicht behaupten, daß dieses Manko arg an mir genagt hätte. Höchstens, allerhöchstens, knabberte es ein wenig an meinen Perspektiven herum. Von weiten Teilen des Betriebs ignoriert oder gar gemobbt, mußte ich eigentlich darauf bedacht sein, etwas Außerordentliches, Spektakuläres abzuliefern. Und die ganze Zeit über lagen die Noten, die ein gewisser Rabbi Mordechai Gershon irgendwann im 19. Jahrhundert aus einer älteren Quelle abgeschrieben und hingekritzelt hatte, unbeachtet neben dem Fernseher. Ich halte den Leser dieser Zeilen keineswegs für einen Idioten, er weiß bestimmt längst viel mehr, als ich damals wußte. Er weiß, daß diese Noten eben kein Blödsinn waren, sondern etwas ganz Besonderes. Ich werde ihn auch nicht künstlich hinhalten, wie das irgend so ein Spannungsschreiberling machen würde, dem es ums Geld geht. Aber in der Realität vergingen eben ein paar Wochen, und ich will das nicht so holterdipolter erzählen. Vielleicht erzähle ich inzwischen ein wenig über Sex, wie das irgendeiner dieser Softpornoschreiberlinge schon längst gemacht hätte. Sex ist nicht unwichtig. Um das mindeste zu sagen. Er kann einen inspirieren und von der Arbeit abhalten. Gleichzeitig.

Im Bett war June die eierleckende Wollmilchsau. Mit wollmilchsäuisch meine ich: Sie machte alles, was ich begehrte, und machte es gut und sehr gern. Eine solche Frau war mir zuvor nie begegnet. Ich bin kein indiskreter Mensch und möchte vermeiden, ins Detail zu gehen. Aber daß ich bald schon süchtig nach ihr wurde, das darf ich guten Gewissens erzählen. Und daß meine Erfüllung nie komplett war, wohl auch. Warum sie nicht komplett war? An June lag es nicht, nur an mir, der ich immer befürchtete, einer so versierten Partnerin nicht ebenbürtig sein zu können. Soviel Genuß sie mir bereitete, so schwer schien es möglich, ihr zu einem ähnlichen Genuß zu verhelfen. Nicht, daß sie mir keine Höhepunkte vorgegaukelt hätte, als Dank für die Mühe, die ich mir gab. Aber es waren eben immer nur Orgasmus*behauptungen*, aus Höflichkeit oder Taktgefühl. Andere Männer hätten den Unterschied womöglich nicht bemerkt. Aber ein Komponist spürt die organische, tripelfugenartige Abfolge der komplexen Rhythmen, die Verkürzung der Metren, die Übergänge von Sechzehntelkeuchern zum Zweiunddreißigstelwinseln, dann die Klimax, verschärft von Triolen und Quintolen mit synkopierten Beckenbewegungen der Lust darunter, bis alles ins große Finale mündet, in den gewaltigen Schlußakkord, von jetzt völlig wilden, unregelmäßig gesetzten Baßfiguren durchwoben. Drüber die Fanfaren, die Blitze im Gehirn. Und das Gleiten ins Meer der

Ruhe, in die lange Fermate am Ende, der Triumph der Befriedigung, während ein durchgedrehtes Kontrafagott noch ein paar akustische Fähnchen der Begeisterung hißt. Die Tonalität war ja grade deshalb ein solcher Erfolg in der Menschheitsgeschichte, weil sich mit ihren Mitteln Sex musikalisch adäquat darstellen ließ.

Junes ausbleibende Glückskiekser nagten an meinem Selbstwertgefühl. Weniger altruistisch gestimmte Männer hätten schlicht die Beute gefeiert, den Moment geheiligt und sich keine Gedanken gemacht. Derlei war leider undenkbar für mich. Man muß sehr vorsichtig sein, will man das jemals ansprechen. Einmal aber stellte ich June zur Rede. Sagte ihr auf den Kopf zu, daß sie nie gekommen sei, nie nie nie – und ich erhoffte mir Anweisungen, konkrete Vorgaben, Verbesserungsvorschläge. Sie aber tat entrüstet, wies jeden Vorwurf gefälschter Orgasmen von sich, und ich ahnte, daß etwas schiefgelaufen sein mußte zwischen uns, wenngleich an der Oberfläche alles seinen Gang ging. Wenn June unsicher war, zog sie ihren Lippenstift nach, wie andere atmen. Sie benutzte ein sehr aggressives Rot, das ihrem blassen Gesicht etwas Verkehrsschildhaftes verlieh. Von graziler Statur, bewegte sie sich meist hektisch, wie von elektrischen Impulsen angetrieben. Ihr geistiges Naturell war hingegen ganz anders getaktet, eher schläfrig, verträumt, diese Ambivalenz erinnerte an bekiffte Blumenmädchen der späten sechziger Jahre.

Sie redete oft davon, ihren Körper spüren zu wollen. Zu diesem Zweck ritzte sie sich an den Unterarmen und wollte härter genommen werden als jede Frau, die ich zuvor gekannt hatte. Und hätte es strikt von sich gewiesen, in irgendeiner Weise psychisch gestört oder gar hilfebedürftig zu sein.

Dann wiederum folgten Phasen, in denen sie völlig normal zu sein schien, voller Lebenslust und unkompliziert. Wobei das, objektiv betrachtet, alles andere als *normal* ist. Das passende Adjektiv müßte eher *wünschenswert* lauten. June war manchmal wünschenswert, manchmal aufregend. Die Mischung machte mich schnell abhängig. Abwechselnd rief ihr Verhalten meinen Beschützerinstinkt oder das zufriedene Tier in mir hervor.

Dem Aufwand folgte die Belohnung. Sie küßte mit großem Einsatz, konnte aber ebenso und ganz plötzlich, mitten im Küssen, die Situation um sich herum vergessen und etwas verblüffend Unpassendes erzählen, zum Beispiel, wie ihre Mutter im Garten Maulwürfe mit einer Spitzhacke tötete. Und es war nicht irgendwie als Gleichnis für etwas anderes gemeint. Damit erst mal genug von June.

Es dauerte bis Anfang Juli, als bei mir der Groschen fiel, als mich die notwendige Idee ansprang. Im Grunde eine Schnapsidee, wie von weit oben eingeflüstert. Ich hörte in der Nacht, im Rausch, quasi eine Stimme, die mir verkündete, was zu machen war. Die ganze Nacht wütete diese Idee in mir, in meinen Träumen, und erst am nächsten Morgen war ich nüchtern genug, sie umzusetzen. Ich gab die Noten in meinen Laptop ein und bastelte daran herum. Für die musikalisch Unkundigen fasse ich die Entdeckung in möglichst einfachen Worten zusammen: Da waren auf jeder Seite etwa zwölf (manchmal elf oder nur zehn) Notensysteme mit einer einfachen Stimme, eine belanglose Aneinanderreihung von Tönen. Dachte man die zwölf Systeme aber in Gruppen von je vier, ergaben sich Akkorde, und ein harmonischer Sinn entstand. Aber erst, wenn man die Noten an einer Linie spiegelte, nämlich an der zweiten von oben, nicht etwa an der dritten, was nähergelegen hätte.

Das war das kryptologische Geheimnis. Man mußte dann das Ergebnis auf der Skala in Oktaven verschieben, die ersten vier Systeme nach oben, die letzten vier Systeme nach unten, in den Baß. Vor mir lag plötzlich kein Humbug mehr, sondern eine Art Partitur. Ich probierte das Ergebnis am Klavier aus. Eigenartig und sehr schön. Ich könnte es näher beschreiben, will es aber nicht tun, später wird man mich verstehen. Der Klang weckte June, die im Schlafzimmer war, und sie kam neugierig herbeigerannt.

Mir wurde schlecht, mein Herz raste, und ich glaubte, keine Luft zu bekommen. Ich ließ mich zu Boden fallen. Ich meine das genau so: Ich fiel nicht etwa zu Boden, aber ich verspürte den starken Wunsch, zu Boden zu fallen, und gab dem nach. June glaubte an einen Scherz. Dann rief sie den Notarzt. Die Symptome wiesen auf einen Herzinfarkt hin. Sagte sie. Ich kam wieder zu mir. Wir hatten kein Geld für einen Notarzteinsatz (nicht wenige Menschen glauben tatsächlich, so was gibt's gratis), und ich nahm ihr den Hörer aus der Hand. Meinem Herzen ging es wieder blendend. Herzrasen ist kein Herzinfarkt. Und wieder setzte ich mich ans Klavier.

Spielte, ganz langsam, es gab ohnehin keine Tempoangabe, noch mal, was da auf dem Bildschirm meines Laptops geschrieben stand. June mußte sich setzen, sie war blaß geworden und blinzelte seltsam.

Das war die erste Seite von insgesamt fünfzehn. Ich hatte eine Melodie gefunden, nicht nur irgendeine, sondern die *eine* Melodie, von der jeder Komponist sein Leben lang träumt, sofern er kein komplett vernagelter Donaueschinger ist. Eine Melodie, die mehr war als simple Musik. Und ich hatte nur das Klavier. Wie überwältigend würde sie erst klingen, orchestriert, wenn man die hohe Stimme den hellen Streichern überließ, ein Tremolo darunterlegte, und wenn die Holzbläser und Violen die Mittelstimme übernahmen und die Celli und Bässe, die Hörner und Posaunen das Fundament, quasi den Basso continuo. Ich zögerte, mir das Gesamtbild akustisch auszumalen, ich schrieb die einzelnen Stimmen, in einer Fassung für Kammerorchester, und wagte nicht, am Laptop auf PLAY zu drücken, denn mir war immer noch blümerant. Es waren zehn Takte, die so entstanden. Zehn magische Takte. Ohne sie anzuhören, heftete ich sie an das Ende von *Alles ist gut*, als eine Art Coda, dreimal wiederholt mit leichten Variierungen in der Instrumentation. Die Ahnung genügte. Und der Übergang vom bisherigen Schluß in den neuen wirkte ganz natürlich, seltsam, als hätten die Noten schon immer da hingehört. Meine Hände zitterten beinahe wie jene von Jerzy. GOTT, war das groß! Ich bin kein gläubiger Mensch, aber ich weiß doch auch, wann es ab und an Zeit ist, dieses Vier-Buchstaben-Wort zu benutzen. June, die an meiner Seite hockte, fragte, wann mir das denn eingefallen sei. Ich antwortete ausweichend, daß es mir zugefallen sei, in der Nacht.

Bei aller Bescheidenheit, aber das war eigentlich viel zu gut für ein Konzert mit der lausigen Hamburger Kammersinfonie. Indes, ich wollte das Stück baldmöglichst loswerden, druckte es aus und gab es in die Post. Dann schlief ich mit June. Und mußte mich direkt nach dem Höhepunkt neben das Bett in den Aschenbecher erbrechen. Der nicht größer war als ein handelsüblicher Aschenbecher. Manches muß man nicht näher beschreiben.

Nie hatte ich etwas auch nur Ähnliches erlebt. Diese Melodie hallte in mir nach. Irgendwo in den Blut- und Nervenbahnen meines Körpers zog sie noch ihre Kreise, was ein schiefes Bild sein mag, aber dem Phänomen am ehesten nahekommt. Interessant war auch, daß ich mir nicht etwa einen Ohrwurm eingefangen hatte. Es gelang mir zwar, mich an die Melodie immer wieder so ungefähr zu erinnern, aber eben nur ungefähr. Es war mir schlicht unmöglich, sie etwa nachzusummen oder zu pfeifen.

Während der restlichen Sommermonate entschlüsselte ich eine Melodie nach der anderen, was sich als nicht ganz so einfach erwies, denn das Prinzip der Verschlüsselung war zwar immer dasselbe, aber die Spiegelungslinie variierte, ich mußte viel hin- und herschieben. Und manchmal hatte ich schon etwas sehr Gutes und Interessantes gefunden, nur um später zu entdecken, daß mit einer anderen Spiegelungslinie eine noch viel einleuchtendere Möglichkeit existierte.

Alle diese Melodien waren wundervoll, und das Schönste war: Keine von ihnen hatte je wieder eine solch negative Wirkung auf meine Physis. Kein Herzrasen, kein Vom-Stuhl-Fallen, kein späteres Erbrechen, nur: reiner Genuß. Erhabenheit und Ekstase. Herrliche Melancholie. Glück. Mir war sofort klar, was damit zu geschehen hatte.

Die drei Opern, die fertig bei mir zu Hause herumlagen, waren sehr gute Werke, die sich im Repertoire achtbar geschlagen hätten, aber es gab, das muß ich gestehen, auch ein paar Längen und eher, na ja, weniger inspirierte Stellen. Wenn ich dort meine eigenen Noten herausnehmen und statt dessen diese verrückten Melodien einbauen würde, würden die Opern unschlagbar sein. Und anders als bei dem Stück für die Hamburger Kammersinfonie würde mir nicht nur Magerquark zur Verfügung stehen, sondern ein gesamtes Orchester in Vollfettrahmstufe. Das würde eine Wucht sein, wahrlich. Unsterblicher Ruhm wartete darauf, von mir eingesammelt zu werden. Wer auch immer diese Melodien erdacht hatte – er lag seit Jahrhunderten unter der Erde und mit ihm sein Name. Die Melodien dagegen lagen frei herum, waren Treibgut, somit rechtmäßige Beute für ihren Finder. Alle Komponisten haben geklaut, alle, selbst die größten. Vor June wollte ich aber nicht unbedingt als Dieb dastehen, ich wollte, wie jeder Liebende, von meinem Mädchen angehimmelt werden, ist doch klar, deswegen arbeitete ich *im stillen Kämmerlein*, wie man so sagt, meint: wenn June gerade nicht in der Wohnung war. Ich bin mir gar nicht sicher, ob sie überhaupt mitbekommen hatte, daß das, was ich ihr am Morgen der Entdeckung am Klavier vorgespielt hatte, von etwas anderem inspiriert gewesen war. Ich habe mit ihr darüber nicht explizit geredet, anfangs, weil mich das alles körperlich zu sehr mitnahm, später, weil ich schnell und intuitiv begriff, welche Chance sich mir bot. Und ich wollte keine Mitwisser haben. Nicht einmal meine Geliebte.

Es war eine aufregende Zeit. Ich mußte viel trinken, um nicht zu zittern. Eine große Zeit.

Wäre im Hof nicht die Elster gewesen, die von der Kastanie herab metallic-grüne Kleckse kackte und morgens mit ihren Schreien meine Träume zerriß. Ich hätte wie erwähnt ein altes Luftgewehr gehabt, und einmal, da hab ich das Luftgewehr sogar auf sie angelegt, nur mal so. Ich glaube nicht, daß ich geschossen hätte, ich bin ein Windelweichling, was das betrifft. Aber wissen Sie, wie die Elster reagiert hat? Sie sagte, sie krächzte: »Laß das, du Arschloch!«

So selbstverständlich, wie das jetzt klingt, war es eigentlich nicht.

III

BORNSTEDTER

Anfang August begann die spielfreie Zeit, und einen Tag vorher ging ich Winfried Bornstedter ärgern, den Dramaturgen der Landesbühne. Eigentlich war es nicht so klar, wer von uns den anderen ärgerte. Das ist eine etwas längere Geschichte.

Ich habe ihm vor drei Jahren mal einen Brief (ja, einen richtigen Brief) geschrieben, des Inhalts, daß ich seinem Theater eine Oper anzubieten habe. Er lud mich keine zwei Wochen später zum Kaffee ein, fand das sehr interessant und bat mich um Geduld, er habe momentan viel um die Ohren, eine Premiere stehe an, aber er werde sicher einmal in mein Material hineinsehen und sich ein genaueres Bild davon machen.

Nach fünf Monaten wagte ich einen ersten Anstupser per Mail. Bornstedter antwortete immer prompt. Andere tun das nicht. Die schweigen entweder von Anfang an oder brechen den Kontakt sofort ab, sobald man von irgendeinem Projekt erzählt. Bornstedter ist anders. Nämlich seriös und verantwortungsbewußt.

Lieber Herr Brandt, leider bin ich – zwischen Neuproduktionen und Wiederaufnahmen – noch nicht wirklich dazu gekommen, mich mit Ihrem Material eingehender zu befassen. Es liegt und wartet darauf, von mir beäugt zu werden – was ich bestimmt tun werde, wenn es hier irgendwann ruhiger wird. Halten Sie mich über Ihr Vorankommen auf dem Laufenden.

Die Spielzeit ging zu Ende, die Theaterferien kamen. Und mit ihnen die Hoffnung, Bornstedter würde in meine Partitur sehen oder sich wenigstens mal von einem Korrepetitor den Klavierauszug vorspielen lassen. Ich in seiner Position hätte nach zehn Minuten gewußt, ob das Material etwas taugt oder nicht. Schon allein das Orchestervorspiel ist sensationell.

Doch Bornstedter schwieg. Zu Beginn der neuen Saison erkundigte ich mich erneut und wiederum sehr höflich, ob er das Material noch brauche. Wenn nicht, würde ich es mir an der Pforte abholen. Er schrieb zurück:

Lieber Herr Brandt, ein großes Problem ist, daß mir in der Spielzeit leider fast gar keine Zeit bleibt, um mich mit Dingen außerhalb des Spielbetriebs zu beschäftigen. Die Ferien sind aber in erster Linie als Zeit der Erholung gedacht. Wenn ein Komponist oder Autor schnelle Entscheidungen benötigt (was ich durchaus verstehe), dann kann ich dem leider nicht entsprechen. Wenn Sie mir also noch Gelegenheit geben wollen, daß ich mir das Material irgendwann einmal anschaue, dann behalte ich es gerne noch. Wenn Sie es dringend benötigen, lege ich es natürlich auch an die Pforte. Halten Sie mich auf jeden Fall auf dem Laufenden. Bei uns hat gerade die Spielzeit wieder angefangen, und vielleicht geht es ja nicht gleich wieder allzu kräftig los, so daß ich endlich dazu komme, Ihr Material ein wenig ge-

nauer zu studieren. Ich hoffe, Sie hatten einen schönen Sommer.

Ein Jahr verging, dann noch eins, dann wurde ich ein wenig ungehalten. Selbst als Bittsteller genießt man einen gewissen Schutz durch Anstandsregeln. Ich sagte ihm in einer Mail auf den Kopf zu, daß er nicht wirklich vorhabe, jemals in meine Partitur zu sehen. Das jedoch stritt er vehement ab.

Lieber Herr Brandt, vielleicht ist das mein Problem: daß ich in jedem mir zugesandten Opernprojekt das Neue, Andere, Prickelnde vermute – und deshalb nichts ungeprüft zurückschicken will, was wiederum zur Folge hat, daß sich genannte Opernprojekte tischhoch bei mir stapeln. Um das abzuarbeiten, könnte ich mich ein halbes Jahr einschließen. Leider erlaubt das der Opernbetrieb nicht, denn oberste Priorität hat immer – so banal es klingen mag: die nächste Premiere! Und gleich danach kommt: die übernächste Premiere! Und danach … Da rutscht die Abarbeitung des genannten Stapels schnell auf die hinteren Ränge. Ich bitte um Ihr Verständnis – und halten Sie mich auf dem Laufenden, besten Gruß

So ging das weiter, nur der Takt des Pingpongspiels änderte sich. Die Intervalle zwischen den Mails wurden länger und länger. Ich schickte ihm im Mai eine CD mit dem besten Lied aus der *Glitzernden Finsternis*, er bedankte sich sofort dafür und schrieb:

Ich freue mich wirklich, nur werde ich auch diese CD mit Sicherheit nicht sofort einlegen und durchhören können – weswegen mir nichts anderes übrigbleibt, als abermals um Geduld zu bitten!

Auf der CD befanden sich nicht ganz zwei Minuten Musik. Nun ja.

Manch einem Leser muß man vielleicht erläutern, was ein Dramaturg am Theater eigentlich macht. Ich weiß es auch nicht so genau. Jedenfalls laufen Dramaturgen immer viel und aufgeregt herum und tun schrecklich überarbeitet, wobei sie betonen, einen 16-Stunden-Job ableisten zu müssen. Ich glaube, sie haben Angst, jemand könne aus Versehen dahinterkommen, daß sie eigentlich nicht wirklich benötigt werden und tatsächlich sechzehn Stunden im Monat arbeiten. Im Endeffekt machen sie das, wofür sich der Regisseur zu fein ist (sich die Nöte und Beschwerden der Sänger anhören zum Beispiel), sie schlagen dem Intendanten mögliche Projekte vor oder schreiben Texte für das Programmheft. Oder sie beauftragen Leute, die Texte für das Programmheft schreiben. So ein Programmheft benötigt, von einem Profi angefertigt, etwa einen Tag Arbeit. Der Dramaturg buckelt dafür etwa einen Monat und schafft es dann auf den letzten Drücker.

Seit Mai hatte ich nichts mehr von Bornstedter gehört. Es war neun Uhr abends am letzten Spieltag der Saison. Ich wartete am Bühneneingang, bis Bornstedter das Haus verließ und auf die Straße trat. Er erkannte mich nicht, kein Wunder, unsre einzige Begegnung lag drei Jahre zurück. Ich sprach ihn nicht an, lief stumm neben ihm her. Und drückte am Ghettoblaster den Knopf. Musik erklang aus den Boxen. Es war jene Melodie, die mich zu Boden gezwungen, wegen der June den Notarzt verständigt hatte. Ich war inzwischen daran gewöhnt und konnte sie so oft hören, wie ich wollte. Ich gab Bornstedter die fünffache Dosis. Gut, das war nur eine Klangsimulation, aber doch eine sehr passable, die ein Laie kaum von Echtklang unterscheiden konnte. Bornstedter sah nicht einmal auf. Ich mochte es kaum glauben. Auch beim nachfolgenden Take, der mich stets in einen quasi morphinen Zustand entrückt hatte, zeigte er kein noch so winziges Zeichen von Interesse oder Anteilnahme, geschweige denn von Erregung und Seligkeit. Statt dessen sah er mich kurz an und fragte, ob es mir etwas ausmache, das Gedudel ein wenig leiser zu stellen. Ich drückte sofort Stop und blieb stehen. Schockiert. Soviel ging mir im Kopf herum. Vielleicht wirkte diese Musik nur auf mich so stark, auf mich allein – und June tat womöglich nur so, als würde ihr das gefallen, um mich nicht zu verletzen. Es folgte ein sehr frustrierender Abend, der nur mit einer ganzen Flasche Wodka noch herumzureißen war.

Später dann wurde mir hinterbracht, daß Bornstedter an einer Krankheit litt, die existiert, obwohl sie in keinem medizinischen Buch erwähnt wird, ich nenne sie Melosthenie, es ist eine leichtere Form der Amusie (wenn jedwede Form von Musik nur als Krach oder Scheppern wahrgenommen wird), und sie kommt häufiger vor, als man denkt, sogar bei Leuten, die beruflich mit Musik zu tun haben. Sie gleicht ein wenig der Legasthenie oder Farbenblindheit, sie bezeichnet eine Schwäche, große Melodien von kleinen zu unterscheiden. Für diese Leute klingt einfach alles mehr oder minder melodisch gleich und unaufregend, und sie beurteilen Musik nach ganz anderen Qualitätsmerkmalen. Wenn man sich wundert, weil ein Haus eine solid gemachte, aber furchtbar langweilige Oper ins Programm nimmt, dann hat das vielleicht ein melosthenischer Dramaturg so entschieden.

Wenn man meine verfahrene Situation im Musikbetrieb ein wenig verstehen will, muß ich an dieser Stelle erzählen, wie ich vor fünfzehn Jahren, quasi als Küken, ein Zeichen hatte setzen wollen. Wie man eben, als neuer bunter Hund im Park, ein Revierchen markieren will. Ich schrieb einen Artikel in der *Zeitschrift für Neue Musik*, der übertitelt war: »Was ist so häßlich an der Schönheit?« Darin beging ich das Sakrileg, Adorno zu kritisieren und einige seiner Voraussagen, die offensichtlich Quatsch gewesen waren, fragwürdig zu nennen. Adorno, der selbst die Musik der Beatles als »schlecht« verurteilt hat, war ein nicht sehr in die Tiefe denkender, maßlos von seiner Schlauheit überzeugter Philosoph des 20. Jahrhunderts, der in Deutschland kultische Verehrung erfuhr. Ich schreibe das nieder für junge Leser oder solche aus dem Ausland, denen der Name praktisch kein Begriff ist. Das Phänomen Popmusik, von dem Adorno behauptete, es werde nicht lange bleiben, ist geblieben und beherrscht die Welt. Die Charts werden im Schnitt zwar banaler, dennoch wird auch heute noch tolle Popmusik gemacht. Es ist nicht so, daß das junge Publikum irgendwann, davon angewidert, zur E-Musik abwandert. Es ist nicht so, daß auf den Straßen, wie von Schönberg prophezeit, Zwölftonreihen gepfiffen werden. Die Jugend droht uns verlorenzugehen. Die E-Musik müßte aktiv um die Jugend kämpfen, und sie könnte gewinnen, eben weil sie einfach die geileren Ekstasen zu bieten hat. Aber dann muß man halt auch wieder definieren, was Voraussetzung für Sinnlichkeit und Ekstase in der Musik eigentlich ist. Es ist die Harmonie, der Akkord, das Melos, die Tonalität. Wobei ich eine sehr freie Definition von »Tonalität« vertrete, selbst der *Wozzeck* ist für mich tonal. Egal.

Die Realität, schrieb ich, sehe doch so aus: Von hundert Leuten auf der Straße wissen laut statistischer Erhebung sechsundneunzig nicht, auf welchem Prinzip die Dodekaphonie und die serielle Musik beruhen, und wenn man es ihnen erklärt, fragen achtundachtzig von denen zurück, warum sich jemals ein Mensch einen solchen Schwachsinn habe ausdenken können. Natürlich sei das nicht meine Meinung, schrieb ich diplomatisch, sondern die der Straße. Aber man müsse doch mal zugeben, daß etwas schiefgelaufen sei und das Prinzip der Avantgarde in einem schwarzen Loch zu landen drohe. Wenn, wie damals in Donaueschingen, Kompositionen bejubelt würden, die nur noch aus Schab- und Kratzgeräuschen bestehen, sei ein Ende des sogenannten Fortschritts erreicht, denn was solle nach Schaben und Kratzen noch kommen? Sogar die absolute Stille sei seit John Cage kein Neuland mehr, sondern nur noch ein Althut. Was wäre so schlimm, schrieb ich, einmal wieder mit der Tonalität zu experimentieren, an einen gewissen Punkt zurückzukehren und von dort aus neue Wege zu suchen? Denn bestehe nicht alle »neue« Kunst nur aus dem originellen, bisher noch nicht dagewesenen Mix vorhandener, »alter« Elemente? Als Beispiel nannte ich eine Experimental-Oper, an der ich damals arbeitete, mit melodischen Leitmotiven à la Wagner, also eine Oper, wie sie Wagner geschrieben haben könnte, wäre er zweihundert Jahre alt geworden, hätte er Puccini, Strawinski, Schostakowitsch und die Minimal music kennengelernt und Ironie verstanden und von normalen Menschen erzählt und sich auf zwei Stunden Spielzeit heruntergekurbelt. Wenn DAS nicht spannend wäre, also zumindest ein klein bißchen spannender als Schaben und Kratzen, untermalt von elektronischem Brei, tue es mir leid, dann müsse ich der Idee der NEUEN MUSIK entsagen, denn dann sei offensichtlich ihr Spielraum doktrinär degeneriert und keine fröhliche Wissenschaft mehr und kein Spaßbad, sondern schäbige Krätze und ein perspektivloses Suhlen im eigenen Saft, gewonnen aus halbschlaffer Masturbation.

Es war ein mutiger, aber bedächtiger Artikel, kein blindwütiges Pamphlet, kein bilderstürmendes Fanal. Es war eine respektvolle Einladung zur Diskussion, ein Appell an die Vernunft, der niemanden brüskieren oder bloßstellen wollte.

Danach war ich erledigt und wurde stummgeschaltet. Es gab keine Stipendien mehr, es gab keine Einladungen mehr. Reichte ich bei Wettbewerben etwas ein, bekam ich mein Päckchen oft ungeöffnet zurück. Manche fanden es sogar mutig, mir weiterhin die Hand zu geben. Wie gesagt, das ist schon einige Jahre her, und inzwischen hat sich in musikalischer Sicht vieles gebessert. Aber wer es mit zwanzig nicht ins Stipendienkarussell geschafft hat, schafft es mit fünfunddreißig noch viel weniger, man ist mit einem Makel behaftet. Man hat zu wenig Lametta auf der Brust, man taugt offensichtlich nichts.

Als Newcomer im Musikbetrieb gibt es leicht begehbare Wege zum Erfolg, wenn man zum Beispiel einigermaßen gut aussieht (was auf mich nicht so ganz zutrifft) und die Gunst eines schwulen Intendanten erwirbt. Das ist die denkbar aussichtsreichste Abkürzung auf der Karriereleiter. Eine andere, wahrscheinlichere Möglichkeit besteht darin, Preise zu gewinnen auf Wettbewerben. Denen leider allermeistens eine Jury vorsteht, die tonale Musik als Hochverrat an Adorno begreift und beim ersten Dur-Akkord Dünnpfiff und Fracksausen bekommt. Für diese Menschen existiert keine Krise der Oper, sie wurschteln einfach weiter, als gäbe es kein Morgen, in dem immer neue Generationen eines möglichen Publikums wegbrechen. Eines Tages wird alles zu Ende sein, ein paar wenige Opernhäuser in den großen Städten werden als Museen überleben, die anderen werden schließen aus Mangel an Resonanz und Relevanz. Dann wird ein großes Geschrei und Wehklagen zu hören sein, und die Hardcore-Adorniten werden in ihren spezialisierten Foren noch immer darüber streiten, ob das finale Es-Dur in einer Penderecki-Sinfonie als ironische Volte hingenommen werden könne oder nicht.

Für einen Außenstehenden mag sich das wie Satire anhören. Doch ist es bitterer Ernst und brutale Realität. Wenn es darum geht, ob die Oper weiterlebt, mit populären Werken und ausverkauften Uraufführungen, zögen etliche Donaueschinger Ultras eher den Untergang vor, die komplette Marginalisierung moderner E-Musik, als ein irgendwie tonales Werk gutzuheißen. Hierin gleichen sie Hitler im Bunker, der das deutsche Volk anno '45 für unwert befand, fürderhin zu existieren. Jemand wie ich war der Feind, ein größeres Ganzes sahen sie nicht oder blendeten es aus. Wirklich konnten diese Typen ja allesamt noch darauf hoffen, daß während ihrer eigentlich kurzen, aber eben leider doch viel zu langen Lebenszeit alles noch einigermaßen so bleiben würde wie gehabt. Und nach ihnen die Sintflut.

Wenn man diese Leute einmal fragt, warum die Ära der Tonalität sich überlebt haben soll, werden die sagen: Weil die Tonalität nichts Neues mehr erfinden konnte. Das heißt, gleich nachdem Puccini 1924 mit seiner *Turandot* eine der tollsten tonalen Opern überhaupt abgeliefert hat, war Schluß. Verblüffend. Und selbst wenn man einen Meister wie Strawinski zitiert, der in beiden Lagern gearbeitet, alles ausprobiert und gesagt hat, es werde immer geniale Musik in C-Dur geben – ja klar, warum denn auch nicht? –, wird man allenfalls Kopfschütteln ernten.

Ich war, im Gegensatz zu allen faschistoiden Sektierern, der Meinung, jeder solle eben die Musik machen dürfen, die ihm Pläsier verschafft. Und der Markt würde dann entscheiden. Damit vertrat ich eine völlig unzumutbare Position, die als konsumistisch und kapitalistisch gebrandmarkt wurde. Nun, es ist wahr, anders als viele träumende und dabei meist bigotte Hipster stehe ich dem Konsumprinzip nicht grundkritisch gegenüber. Der Kapitalismus ist nicht sehr sympathisch, aber alles andere scheint nicht zu funktionieren. Es wird neue Experimente geben, und sie werden scheitern. Alles auf der Welt ist Ware, und das ist gut so. Alles hat seinen Preis und ist verhandelbar. Natürlich hatten die Adorniten auch Angst, sie schwitzten Blut vor Angst, denn sie hielten das gemeine Volk für komplett verblödet und also fähig, erneut auf alles mögliche »Geschnulze« hereinzufallen.

Für die totale Freiheit der Kunst plädierte ich, was die Rückkehr zur Tonalität (einer der größten Errungenschaften der Menschheit) liberal einschloß, als *eine* von etlichen Möglichkeiten. Meine Feinde hingegen wähnten sich im Alleinbesitz der künstlerischen Wahrheit, die es zu verteidigen galt. Mir wurde gesagt: »Herr Brandt, was beklagen Sie sich? Sie haben doch alle Kunstfreiheit der Welt! Machen Sie doch, was Sie wollen! Wir müssen Ihre Zügellosigkeit aber nicht auch noch mit Preisen und Stipendien unterstützen.«

Ich mußte den Taxischein machen. Seit zehn Jahren lebe ich von der Hand in den Mund, von den Krümeln, die vom Tisch fallen. Und ja, es ist besser geworden, es gibt inzwischen wieder einige spannende tonale Komponisten. Aber keiner von denen hat es bisher gewagt, eine »konventionelle« Oper zu schreiben, mit spannender Handlung, die notfalls auch als Theaterstück funktionieren würde, und einer durchgängig überwältigenden Musik, die man unmittelbar noch einmal und dann immer wieder hören möchte. Gut, ein paar Versuche gab es, kaum hier in Deutschland, sondern in Ländern, wo man alles nicht ganz so verbissen sieht. Aber das waren Versuche, die von eher, na ja, sagen wir mittelmäßigen Komponisten unternommen wurden.

Ich bin ein ganz guter Komponist. Kein Strauss, kein Puccini, kein Gott. Vielleicht stehe ich eher im Rang eines Korngold, eines Zandonai oder Massenet. Aber was ich mache, ist kein Mist und würde mehr Menschen etwas geben, etwas mitteilen, als irgendein pseudoavantgardistisches Auftragswerk. Nun mußte ich, was meine Pläne, meine Strategien, meine Bescheidenheit und mein Ziel betraf, komplett umdenken. Mich völlig neu definieren und dementsprechend programmieren. Ich mußte mich neu erfinden. Was gewöhnlich mit dem Verlust von etwas Altem, Liebgewonnenem verbunden ist. Das Schicksal, der Zufall, was auch immer, hatte mir fünfzehn Melodien anheimgegeben. Und wenn man mal nachzählt – wie wenige Komponisten gibt es, bei deren Nennung einem fünfzehn melodische Highlights einfallen? Ich hätte einen weitaus dornenärmeren Weg gehen können, auf dem Gebiet des Musicals. Doch ich liebe die Oper, und ich will mich nicht ohne Not unter mein Niveau begeben. Selbstverständlich euphorisierte mich die Aussicht, ein Schloß in Frankreich zu besitzen, als Messias gefeiert zu werden, Koks und Nutten zu bekommen und meine kurze Ära auf Erden mit Ruhm und Verehrung zu vergolden.

Aber über all diesen kleinlich-eitlen Bedürfnissen, weit darüber, stand immer die Hoffnung, daß auch Jugendliche, daß auch nicht sonderlich gebildete Menschen über mich den Weg zur großen Musik finden könnten und es in Deutschland auch in fünfzig Jahren noch jene über achtzig Opernhäuser geben würde von insgesamt nur knapp zweihundert auf der ganzen Welt.

Nein, ich war mit mir im Reinen, ich war der Gute und pries die Zukunft. Ich würde über die verkrustete Landschaft kommen mit Blitz und Gewitter, niemand würde mich aufhalten können mit seinem Genörgel. Die Götter (oder wer immer dafür zuständig sein mag) mußten mir einfach noch ein paar Jahre gönnen, dann würde ich zufrieden hinab in den Orkus steigen, meine Mission wäre vollendet und ein großes Lebenswerk getan.

Man versteht vielleicht, warum Trinken soviel Spaß macht bei derlei gloriosen Aussichten. Man prostet sich selbst zu und ist zu Tode gerührt von all dem Wahren, Guten und Schönen, das man lostreten wird.

Aus Hamburg indes, von seiten der Kammersinfonie, kam mir Kritik zu Ohren. Man fand dort, *Alles ist gut* sei gar nicht so gut, bei der ersten Probe hätten sich einige Musiker über die Schlußakkorde beschwert, das sei ja der pure *Kitsch*. Nun muß man wissen, daß Schönheit, vor allem in ihrer reinsten Form, auf manche Zeitgenossen kitschig wirkt. Das ist so und wird immer so sein. Mit diesem Vorwurf muß man leben, muß ihn an sich abprallen lassen. Man muß einfach sein Ding tun. Egal, was irgendwer sagt. Der Pfad zur Schönheit ist gepflastert mit Pasquillen der Zwerge. Jeder Vollpfosten hat einem etwas zu sagen. Demokratie funktioniert nicht anders. Da muß man durch. Und muß sich immer in Erinnerung rufen: Das alles geht vorbei, du aber nicht. Deines bleibt. Denn was du im Angebot hast, überdauert die Moden, den Wahnsinn, den Irrweg. Egal, was die Neider von sich geben, sie haben nichts, rein gar nichts in der Hand außer ihrer kruden und lebensfeindlichen Ideologie. Niente, Null, Nada. Darüber könnte ich, ehrlich gesagt, zum Mörder werden. Und die Polizei klingelte bei mir. Ein Kommissar namens Nabel wollte mir ein paar Fragen stellen bezüglich des Ablebens von Winfried Bornstedter.

IV

UNTER VERDACHT

Die Nachricht traf mich wie ein Schlag wäre zuviel gesagt, aber nur ein bißchen zuviel. Die Nachricht traf mich wie ein leichter Schlag, wie ein Schulterklopfen eben oder ein Getätschel am Ohr. Aber sogleich überfiel mich auch Angst, etwas mit Bornstedters Ableben zu tun zu haben. Eigentlich konnte das ja nicht sein. Ich war auf der Straße stehengeblieben, und er war weitergegangen, die Treppe zur U-Bahn hinab. Ohne sich noch einmal umzusehen. Das war eine Woche her.

»Bornstedter ist – *tot*? Ach du liebe Zeit! Nicht, daß ich ihn gut gekannt hätte, aber wir haben uns hin und wieder mal geschrieben.«

Was genau wir uns geschrieben hätten, wollte der schlechtrasierte Kommissar wissen. Er roch nach Tabak und machte einen überspannten Eindruck, wie von zuwenig Schlaf und zu vielen Aufputschmitteln.

»Ich hab ihn auf dem Laufenden gehalten, wissen Sie, er hat sich immer mal wieder nach meinem beruflichen Fortkommen erkundigt.«

Der Kriminaler unterbrach mich. »Schon gut, wir haben die Mails gelesen. Alle. Ich bewundere Sie.« Seine Lippen umspielte der Anflug eines Lächelns.

»Mich? Wofür?«

»Für Ihre Geduld. Jahrelang hat Bornstedter Sie immer wieder vertröstet. Und Sie sind immer höflich geblieben. Übrigens sind Sie nicht der einzige. Einen ähnlichen Mailverkehr pflegte er mit noch etwa sechzig anderen Komponisten, denen er nie ein einziges Mal ab- oder zusagte. Er war anscheinend ein Sadist, von zuviel Langeweile geplagt.«

»Ach was?«

»Ja. Immer sind Sie höflich geblieben, wirklich erstaunlich. Doch dann, neulich, vor einer Woche, ist Ihnen doch der Kragen geplatzt. Sie haben ihm aufgelauert, vor dem Bühneneingang. Wir haben das auf Video. Bornstedter tritt auf die Straße, und Sie gehen neben ihm her, mit so einem Riesendings, wie nennt man das?«

»Ghettoblaster.«

»Genau. Ein paar Stunden später ist Bornstedter tot. Jetzt sagen Sie mal was dazu.«

Was sollte ich sagen als die reine Wahrheit? Also sagte ich, daß ich mir einen Spaß erlauben wollte, daß ich ihm meine neueste Komposition vorgespielt habe, auf der Straße, weil er ja sonst nie Zeit hatte und weil er dort habe zuhören *müssen.*

»Wenn ich ihm was hätte tun wollen, hätt ich mich bestimmt nicht so blöd angestellt und vor einer Kamera mit diesem Riesendings herumposiert. Woran ist er eigentlich gestorben?«

Der Kriminaler hob kurz die Brauen, als überlege er noch, ob ich dieser Information würdig sei.

»Man hat ihm den Brustkorb eingedrückt. Er starb

an einer Lungenquetschung. Als hätte sich jemand von sehr viel Gewicht auf seine Brust gesetzt.«

»So fett bin ich aber nicht.«

»Nein, das stimmt. Und in der Tat – hätten Sie so etwas vorgehabt, dann wären Sie wohl anders vorgegangen. Aber vielleicht haben Sie's ja gar nicht *vorgehabt,* und es geschah spontan? Machen Sie den Mund wieder zu. Nein, ich glaube nicht, daß Sie etwas mit seinem Ableben zu tun haben, Sie kannten ihn ja kaum. Aber – wenn ich mich so ausdrücken darf – Sie haben ihn ein Stück weit auf seinem letzten Weg begleitet. Ist Ihnen irgend etwas aufgefallen? Hat er sich noch mit jemandem getroffen auf dem Weg? Worüber haben Sie mit ihm geredet?«

Wir hätten, sagte ich wahrheitsgemäß, fast gar nicht miteinander geredet.

»Wie – gar nicht? *Gar* nicht?«

»Ich habe ihm meine Musik vorgespielt, er hat keine Anteilnahme daran gezeigt und mich schließlich gebeten, das Gedudel leiser zu drehen.«

Der Kommissar grinste. »Na, das ist aber doch ein hübsches Motiv.«

Ich ging davon aus, daß die Wahrheit zu sagen besser war, für den Fall, daß uns noch eine andere Innenstadt-Kamera aufgenommen hatte und man von Bornstedters Lippen lesen konnte. Außerdem wäre es für seinen Mörder unwahrscheinlich gewesen, eine solche Information preiszugeben. Das machte mich am Ende nur noch ein Stück unverdächtiger. Eigenartigerweise verhielt ich mich bereits so, als dürfe ich mich auf keinen Fall eigenartig verhalten. Sprich: Ich konnte bereits nicht mehr der sein, der ich bin. Ein Teil von mir verhielt sich anders, als ich mich sonst verhalten hätte – eben weil ich unter Beobachtung stand. Unter Verdacht. Dabei hatte ich ein lupenreines Gewissen. Diese Musik konnte vielleicht Herzrasen und Schwindelanfälle auslösen, aber bestimmt keine Brustkörbe zerquetschen. Und ich wußte nicht einmal, wo Bornstedter wohnte.

Nabel wollte noch wissen, wo ich zur genauen Tatzeit gewesen sei.

»Sie sagten: *ein paar Stunden, nachdem ich ihn traf?*«

»Ganz genau. Sie haben gut zugehört.«

Ich mußte überlegen. Mein Gedächtnis ist fürchterlich. Vor einer Woche, so gegen elf Uhr abends. Ich hatte keine Ahnung und mußte in meinem Notizbuch nachsehen. Diese Unsicherheit kam bestimmt viel besser als eine vorgefertigte Antwort. Wieder so ein Beispiel, daß man, weil man unter Verdacht steht, alles, was man tut, praktisch zeitgleich reflektiert. Wie könnte es auf den Kriminaler wirken, fragt man sich, ganz so, als wäre man der Mörder. Oder entspringt dieses Verhalten nur der banalen vorausgreifenden Angst, für etwas unschuldig verurteilt zu werden?

In meinem Notizbuch stand: *Bornst. getr. / 21:30 zu Haus.*

Danach werde ich wohl gearbeitet haben. Ich bin ein Nachtarbeiter. June war an diesem Abend nicht bei mir, sie hätte mich entlasten können. Der Kommissar lächelte, als er bemerkte, wie fahrig und blaß ich geworden war. Und er beruhigte mich. Er habe mich absolut nicht im Verdacht, und er dankte mir für meine Kooperation.

V

DIE OPERNSTADT

Es begab sich also, unter welch verrückten, ja kapriziösen Umständen auch immer, daß man mich zum Kaiser wählte. Nachts um fünf trug man mir die Krone an. Weil ich trunken war, akzeptierte ich die neue Würde und griff durch. Beherzt und wie im Fieber. Todesurteile wurden unterzeichnet und sogleich vollstreckt. Man brachte mir die gewünschten Köpfe, abgetrennt von verwünschten Körpern – und wer bis dahin das Ganze noch für einen Witz gehalten hatte, sah sich auf dramatische Weise belehrt. Ich würde fortan Kaiser sein und die Welt nach meinem Gusto formen dürfen. Es hat mich mehr überrascht als jeden anderen. Aber wenn die Dinge liegen, wie sie liegen, muß man sie nehmen und die Gelegenheit beim Schopf packen. Das bin ich meinen Wünschen und Träumen schuldig. Der neue Kaiser – ich! Hätte es irgendeinen anderen getroffen, ich hätte, wie üblich, krakeelt. Über die Dummheit der perversen Welt gelästert. Nun gab es keine Ausreden mehr. Ich mußte ran. Durfte mir keine Blöße geben. Keine Schwächen zeigen. Meine erste Terminierungsliste umfaßte beinahe hundert Namen. Die Prätorianer waren begeistert. Welch ein wohltuender Lärm, wenn sie, um mich zu grüßen, mit den Knüppeln gegen ihre

Schilde schlugen. Prachtvolle Burschen. Grob gestrickt, aber energisch.

Binnen dreier Tage hatten sie mehr als zwei Drittel der Verurteilten ausfindig gemacht und liquidiert. Wenige entkamen meiner Rache. Ein paar der vormals frechen Fatzken habe ich begnadigt. Gesten der Milde sind, bei allem gerechten Zorn, notwendig. Sonst leidet der Ruf, und man hat prompt ein Dutzend Verschwörungen am Hals. Ich wollte mein Volk mit Liebe gewinnen. Es sollte fortan ein besseres, musikalischeres Volk sein. Befehl erging, daß all jene bislang zumeist sträflich vernachlässigten, unkultivierten Menschen mindestens ein Instrument zu erlernen hätten, daß sie Gesangsunterricht erhielten und Lektionen in Kontrapunkt und Harmonielehre. Die intelligentesten sollten zu Dirigenten ausgebildet werden, die genialen zu Komponisten. Die irreparabel unmusikalischen meiner Untertanen indes sollten eine Lehre machen als Schreiner, Maler, Bühnen- oder Maskenbildner, Kostümschneider etc. Einfach jeder sollte die Möglichkeit bekommen, Teil meiner Vision zu werden. Und wer völlig verblödet war und zu gar nichts anderem zu gebrauchen, konnte als Wäscher tätig werden, als Kartenabreißer, als Garderobiere oder Putzfachkraft. Es gibt so viele Tätigkeiten, die für eine funktionierende Oper von Nutzen sind. Selbstverständlich mußte ich dem Volk einige Regeln mitgeben. Ohne geht es nun mal nicht. Mir war klar, daß etwas bahnbrechend Neues zuallererst Widerstände und Unverständnis hervorruft. Das gewisse Unwohlsein, mit dem der Weg ins Glück beginnt. Resultierend aus einer angeborenen Furcht, unbekannte Pfade zu betreten, zumal wenn sie von oben nahegelegt, praktisch vorgegeben werden. Die Prätorianer, danach befragt, meldeten mir, daß ich geehrt und geachtet sei. Ich äußerte mich befriedigt. Hatte mein mir anvertrautes Volk doch recht schnell liebgewonnen. Gewiß. Viel zu lange hatte ich ohne eigenes Volk dahinvegetiert, hatte auf eigene Faust Kunst um der Kunst willen gemacht. Das war sehr oft, konkret und unverblümt gesagt: Schmoren im eigenen Saft.

Von wem wollte ich beraten werden, von wem gekrault und gekost? Welche von den vielen Frauen, die mich plötzlich begehrten und umgarnten, würde zur Herzensfreundin oder gar Muse taugen, welche mehr zur Mätresse? Gefährtin und Gespielin sind sehr schöne Wörter, die genau den Unterschied ausdrücken, der gemacht werden muß. Welcher Architekt würde sich meiner Vision einer Opernstadt gewachsen zeigen, die alles Profane ein für allemal aus sich verbannte? Die Hauptstadt verfügte, selten genug in dieser Welt, bereits über drei ganz ordentliche Opernhäuser. Ich schenkte sie meinem geliebten Volk. Jedem Untertan war freier Eintritt garantiert, wobei ein simples Losverfahren entschied, wem welcher Platz zuteil wurde. Zwei wöchentliche Pflichtbesuche pro Untertan konnten allenfalls Barbaren als Repressalie empfinden. Natürlich reichten unter diesen Umständen drei Opernhäuser nicht aus, wenn jeder seine Pflicht gewissenhaft erfüllen wollte. Ich ließ weitere bauen, für jeden Stadtbezirk eines. Es gab soviel zu tun. Zu Monteverdis Zeiten besaß allein

Venedig sechzehn konkurrierende Opernhäuser – *das* war Kultur.

Ich schuf nicht nur Sinn und Erfüllung für die Menschen, ich schuf auch Arbeitsplätze. Mein neuer Staat würde ein utopisches Ideal verwirklichen. Es ist dabei immer wieder erstaunlich, wie schnell und problemlos, ohne bürokratische Verzögerungen und demokratische Einspruchsmöglichkeiten, etwas entstehen kann, wenn dahinter ein zorniger Kaiser agiert und befiehlt, der auch mal Köpfe rollen läßt für den Sieg.

VI

HOPPEGARTEN

Ich hatte fürchterliches Zeug geträumt. Im Grunde war nicht alles daran fürchterlich. Die Köpfe der Intendanten, die mich abgelehnt hatten, auf Lanzen gespießt, das war fürchterlich und doch auch wieder nicht. *Vor* dem Erwachen sah das sogar recht hübsch aus. Ich erschrak vor mir selbst. June beruhigte mich. Macht- und Rachephantasien seien bei Männern etwas ganz Normales, ich würde eben meine Träume dazu benutzen, Frust abzubauen, das sei humaner als jedes Agieren in der Wirklichkeit.

Normalerweise kann ich mich an meine Träume nicht erinnern.

Das war ja die Ursache gewesen, weshalb ich mit dem Trinken begonnen hatte – um mich am Morgen nicht an meine Träume zu erinnern, denn ich träumte Spielfilme in Extralänge, Spielfilme, die oft aufregend und schauderhaft waren und mich aushöhlten und kaputtmachten. Wenn ich mich betrank vor dem Einschlafen, wußte ich am Morgen nichts mehr und fühlte mich besser. Aber vielleicht war das eine Art Selbstbetrug. Man träumt ja immer, die Träume sind da. Ich floh vor mir selbst.

Man stiehlt sich viele Stunden Lebenszeit, nur weil

man sich nicht irgendeiner Traumhandlung ausgeliefert fühlen möchte. June wandte ein, daß mir doch nichts verlorengehe, nur die Erinnerung daran. Und ich sagte – es kam mir wie ein Zitat vor, aber ich wußte nicht, ob es eines war: *Woran man sich nicht erinnert, das hat es nie gegeben.*

Sie mochte es nicht, wenn ich Sentenzen vom Stapel ließ. Das seien die Phrasen von morgen, meinte sie, was ja auch eine Sentenz ist. Egal.

Ich erzählte June, daß die Polizei hiergewesen war und warum. June machte große Augen und schnaubte. »Na bitte, schon hast du die Erklärung für deinen Traum. Du hast diesem Dramaturgen wahrscheinlich, ob bewußt oder nicht, den Tod gewünscht. Plötzlich ist er tot, vermutlich durch Gewalt, und du fühlst dich schuldig. Verarbeitest es in einer faschistoiden Machtphantasie. Um dich zu rechtfertigen. Fahren wir heute nach Hoppegarten?«

June war ganz verrückt nach Pferderennen. Keine andere Frau, die ich je getroffen habe, mochte Pferderennen. Wir hatten kein Geld für Wetten. Ohne Wetten sind Pferderennen kotzlangweilig. Also für mich. June liebte die Bahn mit dem vielen Laubwald drum herum und den Verkaufsständen und dem Paradeparcours und den Kinderspielplätzen und dem Sonnenschein und den Menschen, von denen sich manche fein zurechtgemacht hatten oder Hüte trugen, als befänden sie sich in Ascot.

Es stimmte, wir hatten noch ein bißchen Geld, aber beim Wetten kleine Beträge von ein, zwei Euro zu setzen ist Masochismus. Gewinnt man, trauert man nur, weil man nicht mehr gesetzt hat. Verliert man, kommt man sich umso popliger vor. Wir hatten deshalb verabredet, auf keinen Fall etwas zu setzen, selbst wenn uns das Fieber ansprang.

Und dann sammelten sich die Pferde zur Parade in dem kleinen Gärtchen hinter der Tribüne. June stürmte nach vorn. Man konnte die Tiere beinahe berühren, wenn man wollte. Es war ein schwach dotiertes Rennen für Drei- und Vierjährige, die noch nie viel gerissen hatten, und einige machten einen recht nervösen Eindruck, als gelte es, endlich einmal etwas zu beweisen. Alles ganz anmutige Tiere, aber ich verstehe nicht sehr viel davon und will auch nicht so tun als ob. Die Nummer vier schritt gemächlich an mir vorbei, ruhiger als die anderen. Irgendwie cool. Sie wandte ihren milchkaffeebraunen (ja, ich weiß, es kann mehr oder weniger Milch im Kaffee sein, der Vergleich ist ungenau, aber egal jetzt) Schädel in meine Richtung, schwenkte ihn zwei-, dreimal und sagte: »Setz alles Geld, das du hast, auf mich!« Na klar, dachte ich. Dann sah ich mich um, suchte June in der Menge, sie stand nur zwei, drei Meter von mir entfernt, vorn am Geländer. Ich schob mich zu ihr durch und fragte, ob sie das gehört habe?

»Was?«

»Der Gaul eben, die Nummer vier, hat mir gesagt, ich soll alles Geld, das ich habe, auf ihn setzen.«

»Hast du einen Knall?«

»Ja, wahrscheinlich. Wahrscheinlich eine Halluzination, du hast recht. Aber dennoch, dennoch muß ich jetzt rennen, damit ich noch rechtzeitig am Schalter bin und das Geld auf die Nummer vier setze, denn wenn sie verliert, geht es uns ein wenig schlechter als vorher, aber wenn sie gewinnt und ich habe *nicht* gesetzt, werf ich mir das ein Leben lang vor.«

June nickte. »Lauf, Honey!«

Die Anrede *Honey* verwendete sie nur, wenn ich sie mit etwas beeindruckt hatte. Ich kam noch rechtzeitig und setzte 150 Euro auf die Vier. Im Grunde mußte ich mir die Frage stellen, warum ich überhaupt 150 Euro zu den Rennen mitnahm, wenn ich nicht vorhatte, etwas zu setzen. 150 Euro war in etwa die Hälfte dessen, was wir überhaupt noch besaßen. Es zeigt, daß Selbstdisziplin eher nicht zu meinen Stärken gehört.

Ich traf June vorne auf der Zielgeraden. Sie hatte sich ein Mädchenbier gekauft, und mit ihrem weißen dünnen Kleid, das unten plissiert war, tänzelte sie im Spätsommersonnenschein, und ich konnte den Blick nicht abwenden von ihren nackten Füßen im Sand. Die Pferde rannten heran, aber man hätte sich einen höheren Aussichtspunkt suchen müssen; so sah man direkt in die schon tiefstehende Sonne. Zum Fortgang des Rennens orientierten wir uns an den Kommentaren des Reporters. Und die Nummer vier, ein Außenseiter, der bei 120 für 10 stand, war lange im Vorderfeld dabei. Immer wieder nannte der Reporter die Nummer vier. Bis kurz vor dem Ziel, als er aus irgendeinem Grund auf die Nummer fünf wechselte. Die auch gewann.

»Macht nichts«, sagte June. »Es waren drei tolle Minuten.«

Ich war ihr dankbar für den Spruch.

Wahrscheinlich würde ich nun meinen Bruder anpumpen müssen. Meinen brav bürgerlichen Bruder, den mir unsere Eltern stets als Vorbild anempfohlen haben, der mir aber immer eher als Warnboje gedient hatte, wie man dieses eine Leben sinnfrei und mühevoll verplempern konnte, mit Familie und Zehn-Stunden-Tag und einer abzubezahlenden Doppelhaushälfte in Reinickendorf. Aber natürlich gibt es auch schöne Ecken in Reinickendorf, und man sollte sich nicht über das Daseinskonzept eines anderen lustig machen, vielleicht genießt er das seinige mehr als wir das unsrige.

In diesem Moment gab die Rennleitung durch, daß die Leute ihre Tickets bitte noch nicht wegwerfen sollten, denn ein Protest sei angemeldet und auch angenommen worden. Minuten folgten, voll von einem noch zaudernden Zauber. Dann endlich der Richterspruch: Das Pferd mit der Nummer fünf werde wegen eines Regelverstoßes disqualifiziert.

June und ich sahen uns an und sagten gleichzeitig: »Borchardts!«

VII

VON DER OSTSEE BIS ZUM TOD

Wir gingen nicht wirklich ins Borchardts, das war nur so ein Spruch. Ins Borchardts gehen reiche Leute und nicht so reiche Leute, die sich mal was leisten und am Nebentisch einen Promi begaffen wollen, was sie dann als großes Glück empfinden, wo es sie doch eher bedrücken müßte. Es gibt zudem viel bessere Restaurants in Berlin.

1800 Euro. Das Geld war schön und gut und nützlich und willkommen, aber mit sich brachte es auch ein Problem. Mich hatte ein Pferd angeredet. Ja, eine Halluzination, eine Überspanntheit der Nerven, nichts, was uns große Sorgen machen sollte. Aber nun hatte das Pferd gewonnen. Bei 120:10. Darüber denkt man schon mal nach. Dabei: Hat nicht jeder irgend so eine verrückte Geschichte zu erzählen, eben weil jeder lange genug lebt, daß ihm genau ein- oder zweimal im Leben so eine rare Konstellation (Truggebilde + hoher Einsatz + Außenseitersieg) widerfährt?

Wir beschlossen einen kleinen Ausflug an die Ostsee. June lieh sich das Auto eines Kommilitonen. Wir hatten beide große Lust aufs Meer. Ein alter Aberglaube von mir lautet, daß ein Jahr, in dem man nicht wenigstens einmal das Meer berührt hat, kein gutes Jahr werden kann. Wir kommen aus dem Meer, und die siebzig Prozent Wasser in uns landen auch wieder dort. Irgendwann.

Derlei Weihrauchsprüche mochte June erst recht nicht. Sie hatte kein Faible für Theatralik oder Grandezza. Während irgend etwas in mir brütete, eine Art Abschiedsmelancholie. Für die es nicht den geringsten Grund gab. Das Leben war schön, mein Mädchen auch, die Zukunft ausbaufähig.

Bleib hier. Steig nicht in dieses Auto. Ich hörte die Stimme, drehte mich um, aber da war niemand, nur June, die den Picknickkoffer auf der Rückbank verstaute. Mir wurde klar: Das war die zweite akustische Halluzination innerhalb weniger Tage. Die erste hatte mir einen Vorteil verschafft. Auf sie zu hören hatte sich bewährt. Sollte ich es deshalb nun wiederum so halten? Das genau war der Weg, der schnurstracks zu einer Marotte führen würde, dann in die fixe Idee, dann in die Geistesgestörtheit. Darum sollte man keinesfalls eine Gewohnheit draus machen, sollte eben doch ins Auto steigen und die Stimme vergessen. Das ist das einzig richtige Vorgehen bei so was. Sofern man nicht an Übernatürliches glaubt. Dann – ist es natürlich etwas ganz anderes.

»June, ich kann nicht einsteigen.«

»Was?«

»Ich kann nicht. Will nicht.«

»Das mußt du mir bitteschön erklären.«

Der Punkt war erreicht. Ich belog meine Freundin, aus Angst davor, für absonderlich gehalten zu werden.

»Ich hab noch soviel zu tun, das fiel mir eben alles ein, und irgendwie hab ich plötzlich keine Lust mehr auf Sand und Möwengeschrei. Genaugenommen hasse ich Möwengeschrei, das ist mir eben wieder eingefallen. Fahr du ruhig allein, wenn du willst.«

Hoppla! Was tat ich da? Wenn ich, was die Stimme mir anriet, als Warnung verstand, so brachte ich mich gerade selber in Sicherheit, aber meine Freundin, die schickte ich – wer weiß wohin, von der Ostsee bis zum Tod war alles möglich. War das inkonsequent? Eigentlich nicht. Die Warnung galt mir. Nicht ihr. Ich mußte mich einen Moment setzen.

»Um die Wahrheit zu sagen, June, ich fühl mich nicht gut. Ich hab so was wie – Anwandlungen. Zustände.«

»Panikattacken?«

»So in der Art. Beklemmungen. Ich denke zuviel nach, und es kommt dummes Zeug dabei heraus. Und wahrscheinlich atme ich falsch.«

Solidarisch wie sie war, blieb auch June in Berlin, obwohl sie sich sehr auf die Wellen, die in diesem Jahr besonders hoch sein sollten, gefreut hatte. Während ich mein Zeug wieder auslud, fuhr sie los, um Carl, so hieß der befreundete Student, sein Auto zurückzubringen.

Ich werde nie wissen, was passiert wäre, wäre ich in das Auto gestiegen, dachte ich. Und mochte diesen Zustand nicht. Ich fuhr mit der U-Bahn von Junes Schöneberger Wohnung nach Hause, schloß das rote Tor und betrat meinen Hinterhof. Etwas lag in der Luft. Rauch. Rauch drang in den Hinterhof. Rauch aus meiner Wohnung. Ich rannte hin, schloß die Tür auf, der Qualm war dicht, aber er stammte nicht von brennendem Holz, nein, noch war kein offenes Feuer ausgebrochen, aber das Gulasch, das ich auf dem nicht abgestellten Herd hatte stehenlassen (es mußte unbedingt erst dreimal aufgewärmt sein, bevor es schmeckte wie bei meiner Mutter), dieses Gulasch war zu Asche verbrannt. Ich öffnete ein Fenster und warf den Topf, den ganzen Topf, so wie er war, hinaus in den Hof.

Ein Scheppern war das! Alle im Block wußten Bescheid.

»Warum hast du mir nicht gleich das mit der Stimme erzählt. Du Hase! Das war dein Unterbewußtsein! Dein Unterbewußtsein hat sich an das Gulasch erinnert. Und was lernen wir daraus? Wenn du morgens einen Hangover hast, bleibt die Küche kalt, bis du wieder klar im Kopf bist!« June meinte es sicher gut, aber ich mochte ihren mamihaften Ton nicht.

Ansonsten geschah nicht viel im August, und mein Leben bewegte sich wieder in gemächlichen Bahnen. Bis auf eine Sache, die recht merkwürdig war. Dazu muß man die Vorgeschichte erzählen. Nachts, wie bereits erwähnt, arbeitete ich an der Optimierung meiner Opern und überlegte daran herum, wie das Ergebnis zu vermitteln wäre. Ich meine nicht die Vermarktung, das würde später wie von selbst kommen und bestimmt Spaß machen. Aber vorher mußte sich irgendein Intendant meine Musik erst einmal anhören. Und, ehrlich gesagt, hatte ich fast alle in Frage kommenden Intendanten verheizt. Jahrelang hatte ich einen nach dem anderen angeschrieben, beschmeichelt, bespeichelt, genervt und bedroht. Hatte jeden, der in ehernes Schweigen verfiel, zur Hölle gewünscht. Es blieben minderwertige Häuser übrig, ich will hier keine Namen nennen, damit sich die betroffenen Städte nicht beleidigt fühlen. Gerade in kleineren Städten mit wenig Geld wird oft umso beherzter und fleißiger gearbeitet, wodurch die Aufführungen nicht selten eine überraschende Qualität erreichen. Aber diese Städte lenken selten die Aufmerksamkeit der großen Feuilletons auf sich – und ich wollte den Erfolg möglichst lange genießen, also möglichst früh erreichen. Von den großen Bühnen blieb eigentlich nur München übrig. Das Nationaltheater München war mir als Uraufführungsort einer Brandt'schen Oper stets unrealistisch vorgekommen. Warum? Es gibt keinen konkreten Grund, selbst in München finden zeitgenössische Opern ins Licht der Welt, und keineswegs immer die besten. Um einen Kontakt zum Münchner Intendanten herzustellen, mußte ich mir etwas Besonderes ausdenken. Wahrscheinlich gab es nur einen einzigen Weg. Der Intendant mußte die Musik, die ich ihm anbot, hören, am eigenen Leib erfahren und am besten nicht in einer Klangsimulation aus dem Ghettoblaster, sondern live, mit echten Sängern und einem Orchester. Es gibt tschechische Orchester, die man relativ preiswert tageweise buchen kann. Mit 30000 Euro war das zu erreichen. Ein Mäzen mußte her. Ich bemühte mich darum, Adressen möglicher

Mäzene zu bekommen. Niemand, den ich darum bat, wollte mir Namen und Adressen jener Schwerreichen herausrücken, durch deren Spenden der Betrieb sein Qualitätslevel aufrechterhalten konnte. Deutschland gleicht nicht den USA, wo Opernhäuser praktisch auf private Spender angewiesen sind und zumachen müssen, sobald die wegsterben. Aber manche Häuser hierzulande profitieren doch stark vom Engagement privater Sponsoren, die zum Beispiel dafür sorgen, daß eine gewisse Partie in der jüngsten Produktion mit einem Weltstar besetzt werden kann statt mit dem Frischfleisch von der Hochschule. In Deutschland wird mit so was nicht angegeben, es findet im stillen statt, keiner hängt es an die große Glocke, dem Intendanten würde sonst ein Zacken aus der Krone brechen, seine Souveränität wäre in Frage gestellt. Ende der Vorgeschichte.

Doch dann ging es plötzlich beinahe einfach. Ein indiskreter Artikel in der *BZ* posaunte heraus, wer in Berlin der großzügigste Spender war. Vitali Baraschimow. Wie der Name andeutete, war das irgendeiner dieser millionenschweren Charlottenburg-Russen. Oder Weißrussen. Oder was weiß ich. Und nun? Wie wollte ich in Kontakt treten mit einem Baraschimow? Bittbriefe, das hatte ich gelernt, schreiben Kinder an den Weihnachtsmann. Mit Russen muß man saufen. Hört sich an wie das gröbste Klischee, aber was für Intendanten gilt, die saufen nämlich fast alle, wird auch in weiten Teilen für osteuropäische Opernaficionados gelten. Dieser Multimillionär verehrte, das fand ich über Klatschseiten im Netz heraus, eine gewisse Sängerin und verpasste keinen ihrer Auftritte. Angeblich.

Leider begann die Spielzeit erst wieder im September. Mit Hilfe des behördlichen Eintrags im Einwohnermelderegister erfuhr ich, wo Baraschimow wohnte, und ging da einfach mal hin. Eine Adresse westlich vom schmucken Lietzensee. Was gab es zu verlieren? Vielleicht saß er gerade in seinem Garten, und ich konnte ihm über den Zaun einen schönen Tag wünschen, und man würde ins Gespräch kommen. Hat es alles schon gegeben. Ein wenig betrunken war ich schon, aber nicht viel, nur zwei Gläser Riesling zum Mittag, danach nichts mehr.

Baraschimows Villa sah überhaupt nicht wie eine Villa aus, viel eher wie eine große Kiste im Bauhausstil, sehr funktional. Beinahe wie ein überdimensionierter Wohncontainer am Bau. Das paßte überhaupt nicht ins Bild eines musischen Menschen. Andererseits wußte ich zufällig, daß ausgerechnet Rachmaninow, ausgerechnet dieser Erzvertreter schwelgerisch-schwülstiger Spätromantik in der Schweiz eine ganz ähnliche Scheußlichkeit besessen hat. Tut mir leid, wenn ich jemandem den Schlips in den Schmutz ziehe, aber mit Bauhaus und Konsorten kann man mich jagen.

Der Rasen rund um den Wohnwürfel war sehr kurz geschnitten und frei von jeglicher Zier- oder Nutzflora. Dieser Garten wurde offensichtlich gut gepflegt, aber selten benutzt, ich entdeckte nirgendwo eine Bank oder sonst eine Sitzgelegenheit. Der Gartenzaun war aus schwarzlackiertem Schmiedeeisen, mit lanzenähnlichen Spitzen, kein unüberwindbares Hindernis für jemanden, der da hineinwollte. Vermutlich wohnte Baraschimow woanders, und das hier war nur seine Meldeadresse oder so eine Art Opernwohnung oder eine Bude, in der er seine Gäste unterbrachte. An der Klingel stand kein Name. Ich drückte den Knopf. Wozu war ich sonst hergekommen? Die Gartenpforte sprang unmittelbar auf, als wäre der Knopf keine Klingel, sondern ein Türöffner. Plötzlich aber stand jemand vor mir, ein sehr korpulenter Mann um die Fünfzig, ein richtiges Schwergewicht im schwarzen Anzug. Ohne daß ich irgend etwas gesagt oder gefragt hätte, kam er nah an mich heran und meinte, mit einer tiefen, bedrohlichen, aber eher, man verstehe mich, naturbedrohlichen, nicht extra tiefergelegten Stimme: »Das ist der Holzweg, das ist die Sackgasse. Gehen Sie heim!«

Ich bin wohl manchmal an den falschen Stellen mutig, dafür an den nicht so falschen Stellen zu feige. Leider.

Dieses Mal protestierte ich. Er wisse doch gar nicht, wer ich sei und was ich wolle. Der Mensch rückte noch ein Stückchen näher heran, so nah, daß ich viele Details seines irgendwie unsympathischen Gesichtes erkannte, ohne mir aber ein Gesamtbild einprägen zu können. Dieser Mensch – wie soll ich es ausdrücken? – wirkte wie aus einer anderen Welt.

»Gehen Sie heim. Verschwenden Sie nicht Ihre Zeit. Alles muß kommen, wie es kömmt. Alles ist gut.«

Da wurde mir schon etwas mulmig. In romantischen Geschichten hätte ich mich an dieser Stelle wohl mit einem die Wirbelsäule hinauf (oder hinunter?) wuselnden Grausen umwenden und loslaufen müssen, bis ich irgendwo anders, schwer atmend und kalt schwitzend, wieder zu mir gekommen wäre.

Ich rieb mir statt dessen kurz die Augen und – peng – die Gartentür flog zu, der fette Mann war weg. Und es wäre mir zu diesem Zeitpunkt unmöglich gewesen, ihn näher zu beschreiben.

Soviel dazu.

These eins: Falls ich mir diesen Menschen nicht nur eingebildet habe, dann war es jemand, der mich kannte und erkannte und der von meinem Kompositionsauftrag für Hamburg wußte und der für Baraschimow arbeitete und der an der Gartenpforte bereitgestanden hatte, um mir zu raten, meine Zeit nicht zu verschwenden. In Anbetracht all dessen hielt ich These zwei – eine Halluzination – für sehr viel wahrscheinlicher. Was aber bedeutete: In meinem Oberstübchen stimmte etwas nicht, stimmte so sehr nicht, daß ich zum Arzt hätte gehen sollen. Müssen.

Meine absurd überzogene Angst vor Ärzten aller Art hab ich nie jemandem offenbart. Es ist eine häufig verbreitete kindliche und völlig unlogische Angst, daß der Arzt etwas finden könnte, was ohne den Arzt nie zum Ausbruch käme. So ungefähr. Man sollte nicht für möglich halten, daß ein intelligenter Mensch, und so einer hoffte ich halbwegs zu sein, davon betroffen sein könnte. Aber es ist eine Angst wie zum Beispiel die Höhenangst. Man kann sich noch so oft sagen: Geh einfach über diesen schmalen Balken, er ist breit genug, du wirst nicht hinunterfallen. Sobald man auf dem Balken steht, links Abgrund, rechts Abgrund, kann man nicht mehr weiter. Rationales Denken stößt an klare Grenzen.

Ich vergrub mich in Arbeit. Aus Hamburg kam das Plakat für das Konzert: *Pärt – Martynov – Brandt.*

Pärt war etwas größer, Brandt etwas kleiner gedruckt. Eine Postkarte lag bei: »SCHON FAST AUSVERKAUFT! Grüße, Heiner Holler«.

Heiner Holler war der Dirigent und, wie ich der Karte entnehmen konnte, mein Feind. Keine lieben Grüße, keine schönen Grüße, keine herzlichen Grüße, einfach nur Grüße. Und kein Wort über meine Komposition. Nicht eine Silbe. Er hätte ja schreiben können: *Ich freue mich auf das großartige Stück, und es ist mir eine besondere Ehre, es uraufführen zu dürfen.* Okay, das ist ein bißchen zu dick, aber so was in der Art. Er hätte schreiben können: *ICH mag Ihr Stück.* Meint, keiner mag Ihr Stück, aber ich schon ein bißchen. Statt dessen stand da, wenig verklausuliert: *Alle finden Ihr Stück scheiße, restlos alle, aber dank Pärt und Martynov sind wir trotzdem so gut wie ausverkauft.*

VIII

DOSTOJEWSKI

June, die sich nach ein paar Wochen Pause wieder mal einen Schnitt am Unterarm zugefügt hatte, weswegen ich auf sie sauer war, weswegen dann sie auf mich sauer war, fühlte vor, ob ich sie bei dem Konzert in Hamburg eigentlich dabeihaben wolle. Die Frage verblüffte mich. Warum sollte ich sie nicht dabeihaben wollen? Sie war meine Freundin, und der Streit von eben war kein schlimmer gewesen. Na ja, sie habe nur mal gefragt, könne doch sein, daß ich mir mein Stück erst mal allein anhören wolle, sich aufzudrängen sei jedenfalls nicht ihre Art.

Wie sie das sagte, und wie sie am Ende des Satzes Luft durch die Zähne sog, so daß ein Geräusch entstand wie bei Füchsen oder manchen Katzen, wenn sie ihr Revier bedroht sehen, dieses Geräusch verhieß nichts Gutes. Irgendwas im Verlauf unserer Beziehung schien ich nicht mitbekommen zu haben. War es nicht selbstverständlich, daß ich June bei einer für mich so wichtigen Veranstaltung dabeihaben wollte? Mehr spaßeshalber sagte ich, sie müsse keine Rücksicht auf mich nehmen, wenn sie etwas anderes vorhätte.

»Na ja«, druckste sie herum, »da ist Carls 30. Geburtstag. Du weißt, der Typ, der uns sein Auto geliehen hat.

Ich bin eingeladen. Natürlich ist dein Konzert viel wichtiger. Aber es hätte ja sein können, aus welchen Gründen auch immer, daß du mich gar nicht dabeihaben willst, nur deshalb habe ich gefragt. Verstehst du?«

Jetzt verstand ich. Einiges. Sie kannte Carl, übrigens auch so ein Bible-Belt-Ami, laut eigener Aussage seit ein paar Wochen, er war also ein sehr alter, wichtiger Freund. Oder was sonst?

Ich begann keinen neuen Streit. Vielleicht fühlte sich June in letzter Zeit ein wenig vernachlässigt.

Warum hatte dieser Carl nicht auch mich eingeladen? Galt seine Einladung ausdrücklich nur ihr?

»Ach Mensch, natürlich *wärst* du eingeladen. Aber du hast an dem Tag dein Konzert, in Hamburg. Deswegen.«

Sagte June, als hätte ich laut ausgesprochen, was ich eben gedacht hatte.

Ich hatte es doch nur gedacht, oder?

In dieser Nacht raubte mir ein rolliger Kater den Schlaf. Sein Brunftgemaunze war unerträglich. Es klang, als hocke er direkt unter meinem Schlafzimmerfenster. Und er reagierte weder auf Bitten noch Befehle. Das Luftgewehr erwog ich nicht mal mehr, denn ich wollte nie mehr im Leben so zurechtgewiesen werden wie neulich von dieser Elster. Dann sitzt man also da, betrunken, und ist zum Nachdenken verdammt.

Ich glaube, June nahm mir übel, daß ich sie sehr selten bei mir übernachten ließ. Sie liebte das morgendliche Gekuschel und wollte um Mitternacht an meiner

Schulter einschlummern. Aber das war nun mal wichtige Arbeitszeit, gerade jetzt, in dieser Phase, wo ich mit einem Kraftakt meiner verwachsenen Karriere den entscheidenden Schub zum Neustart geben konnte. Vielleicht sah sie ihre Zukunft in Aurora, Illinois – und Carl, der hippe Vollbartbariton (ich hab sein Foto bei Facebook gesehen), stammte aus einem Kaff, das ganz in der Nähe, nur drei- oder vierhundert Kilometer entfernt lag. Ich an ihrer Stelle hätte das auch als einen Wink verstanden.

In den nächsten drei Wochen geschah wirklich nicht viel. Oder sagen wir so: Wenn etwas außer der Reihe geschah, wußte ich nichts davon. June und ich hatten uns ausgesprochen, und sie hatte auf die Frage, ob sie Carl attraktiv finde, wörtlich geantwortet: »Mit *dem* Bart? Nie im Leben.«

Das fand ich gut. Ehrlich gesagt, konnte ich nicht verstehen, wie etwas, das vor noch zehn Jahren als so definitiv daneben gegolten hatte, wieder angesagt sein konnte. Die Stadt war verseucht von jugendlichen Bartträgern und Frauen, denen das nicht viel auszumachen schien. Ich meine, abgesehen davon, daß es beim Cunnilingus kratzen muß, sind diese Frauen mit Männern zusammen, von denen sie nicht ahnen, wie sie eigentlich aussehen, mit gesichtslosen Typen, die sich hinter Haaren verstecken. Aber die Sache zeigte, daß alle Dinge im Leben einem ständigen Wandel der Mode unterworfen sind. Auch für tonale E-Musik würde eine neue Hoch-Zeit kommen, das war ja klar. Vor *Gladiator* zum

Beispiel hätte kein Cineast eine müde Mark darauf verwettet, daß es irgendwann wieder Sandalenfilme geben würde.

Ich bin sicher, daß etliche Komponisten ähnlich dachten wie ich, aber eben Angst hatten, vom Betrieb verstoßen, oder sagen wir sanftmütiger: ausgegrenzt zu werden.

Wenn du von etwas überzeugt bist, mach es, und ohne Kompromisse, mit aller Opferbereit- und Leidenschaft. Dann, eines Tages, bist du der Pionier, der Prophet, der ins eigene Land zurückkehrt und es wieder in Besitz nimmt. Vorher bist du der Arsch, der Reaktionär, der Zurückgebliebene, der Verlachte, Verspottete, Angepöbelte. Das darf dir nichts ausmachen.

Solcherlei heroische Maximen schrieb ich nachts in mein Sudelbuch. Als Mutmachaphorismus und Selbsttherapie. Das Wort Therapie deutet ein vorhandenes Leiden an. Ja, mir hatte das alles etwas ausgemacht, es hatte mich krank gemacht, und nur das bevorstehende Konzert strich Salbe auf meine Wunden.

Wir fuhren mit dem Zug nach Hamburg, ein paar Tage früher als geplant. June wollte die Reeperbahn sehen und reagierte äußerst wütend, als sie erfuhr, daß sie als Frau die berüchtigte Herbertstraße nicht betreten durfte, weil die dortigen Hinterglasnutten mit den Freiern allein sein wollten. Ich gab ihr recht. Die Herbertstraße war im Grunde wie Donaueschingen, wo die »Avantgarde«-Komponisten auch mit ihrem ganz speziellen Publikum allein sein wollten. Es wundert mich, warum noch nie eine Frau ihr Recht, die Herbertstraße zu betreten, eingeklagt hat. Andererseits muß man dazusagen, daß dieses Verbot kein polizeiliches ist. Im Grunde kann jede Frau die Herbertstraße betreten. Sie muß sich eben nur auf einen Spießrutenlauf einlassen, währenddem sie von den Hinterglasnutten auf boshafteste Weise beschimpft und beleidigt wird. Als wäre man ein Neoklassizist in Donaueschingen.

Ich zeigte June die schöne Stadt und zählte an den Litfaßsäulen die Plakate mit meinem Namen darauf. Ich fand insgesamt fünf. Meine Stimmung besserte sich. Wenn man es objektiv betrachtete, stand es nicht so schlimm um mich. Ich wurde aufgeführt, in einem Konzert und in einem Atemzug mit Pärt und Martynov. Ich saß in keinem Konzentrationslager und mußte keinen Aussätzigen-Wimpel tragen. Mehr schlecht als recht, aber doch irgendwie konnte ich für die Verwirklichung meines Traums leben. Meine Freundin war ansehnlich und meine Gesundheit wenigstens oberflächlich intakt. Überhaupt muß doch jeder als glücklich gelten, der als Mensch auf die Welt gekommen ist, in Europa, als hellhäutiger und halbwegs intelligenter Mann mit ein wenig Talent und Bildung. Ich las nachts im Hotel, wenn June neben mir schon schlief, meinen Liebling Dostojewski, genauer gesagt, dessen *Dämonen*, und stieß auf die Stelle: *Alles ist gut. Der Mensch ist unglücklich, weil er nicht weiß, daß er glücklich ist. Nur deshalb. Das ist alles, alles! Wer das erkennt, der wird gleich glücklich sein, sofort, im selben Augenblick.*

Ich möchte nicht behaupten, daß ich sofort und beseligt einschlief wie ein satter zahnloser Säugling, aber die drei Worte *Alles ist gut* wiesen direkt auf mein bevorstehendes Konzert hin. Wenn das kein Wink von oben war, gibt es keine.

IX

DAS KONZERT

Aufwachen. Blick auf den Wecker. Er war gestellt, aber nicht aktiviert worden. Um 10 Uhr 30 war Orchesterprobe gewesen. Jetzt war es Viertel nach elf. Wir konnten genausogut liegenbleiben und uns Frühstück aufs Zimmer bestellen. Der Blick aufs stummgestellte Handy zeigte fünf eingegangene Anrufe. Nachmittags liefen wir zweimal um die Binnenalster. Ich war nervös. Hatte vergessen, mir Valium zu besorgen. Es war der längste Nachmittag meines Lebens. Um sieben Uhr betraten wir die Laeiszhalle (sprich: »Leißhalle«) und wurden ins Büro des Dirigenten geleitet.

Heiner Holler gab mir die Hand und lächelte sogar ein wenig. Man habe mich bei der Probe vermißt, es standen Fragen im Raum.

»Ja, Herr Brandt, es standen massive Fragen im Raum.« Aber die Musiker seien zurechtgekommen, und er, der Dirigent, habe, wie er glaube, eine Lesart gefunden.

Wovon redete er? Meine Musik mußte keine *Lesart* finden, die mußte einfach nur gespielt werden, so, wie sie notiert war. Auf mikroskopische Details lege ich wenig Wert, ich hab es ganz gern, wenn es immer mal ein klein wenig anders klingt, das tut es schon wegen der wechselnden Dirigenten, egal wie erbsenzählerisch man es aufschreibt – deswegen gebe ich den Instrumenten auch kaum penible Spielanweisungen. Aber Holler redete von einer *Lesart*, als müsse mein Stück erst entziffert werden. Wie er die Proben denn erlebt habe, fragte ich.

»Es standen Fragen im Raum, ja, Herr Brandt, wie schon gesagt.« Einige Musiker hätten mit dem Stück und vor allem mit dem Ende Probleme gehabt, massive Fragen dazu gehabt, aber jetzt – sei man daran gewöhnt.

Das Konzert fand im kleinen Saal der Laeiszhalle statt, der über sechshundert Besuchern Platz bot. Das Publikum wirkte gut durchmischt. Die älteren Generationen hatten nur eine knappe Mehrheit, und etliche ganz junge Leute sah man auch. In der ersten Reihe saß ein dicker Mann im schwarzen Anzug, der mich an Baraschimows Bodyguard erinnerte, aber ich hatte mich mit mir ja dahingehend geeinigt, daß dieser Mensch nur eine Einbildung gewesen war.

Den ersten Programmpunkt bildete ein Zyklus des Russen Vladimir Martynov, *Come in*, für mich nicht sein bestes Werk, aber gefällig und gut gemacht. Etwas zu lang, kaute es ein paarmal zu oft auf derselben, wenngleich sehr schönen Idee herum. Ich blätterte im Programmheft, las den Artikel über mich und mein Stück. Der Text ging in Ordnung, ich hatte ihn selbst geschrieben. Vielleicht hätte ich mich ein wenig mehr loben dürfen, hier und da.

Starker Applaus. Überhaupt keine Störer von der atonalen Front. Der Komponist war ja auch nicht anwesend, noch war es eine Uraufführung, ein Buh hätte demnach einzig der Ausführung gegolten. Und die war sehr solide. Martynov, vorher lange ein Geheimtip, war über Nacht beinahe schon Mainstream geworden, seit der italienische Film *La Grande Bellezza* den *Oscar for the best foreign movie* gewonnen hatte. Im Score dieses Films waren Martynovs himmlische *Beatitudes* die Abspannmusik gewesen.

Dreimal ging der Dirigent raus, dreimal kam er wieder rein. Zweimal hätten es doch auch getan …

Dann war es soweit. Hüsteln und Räuspern, dann Ruhe. Zeichen. Einsatz. Die ersten Töne, von Oboe und Viola, wie Meerschaum und Delphin und darunter irgendwas Fieses, Brodelndes, von oben was Schrilles wie versehentliche Blitze – und dann schnelle Perspektivwechsel, mit einem Blue-note-Ostinato, ähnlich einem Rock-Riff. Etliche Schichtungen, so als würde einer Schublade immer noch eine Schublade wachsen aus dem Knopf, der ein Bauchnabel ist. Rubati und extreme Dynamik-Schwankungen.

Ich hörte mein Stück zum ersten Mal orchestriert und real. Es war gelungen, es funktionierte. Überwältigend. Ich hatte gute Arbeit geleistet. Vor fünfzig Jahren wäre ich mit dieser Musik schlagartig weltberühmt geworden. Das klingt so retro und verbittert, als wäre ich ein Nostalgiker. Aber was man übersieht: Ich wollte ja nicht dauerhaft fünfzig Jahre Musikgeschichte tilgen, ich wollte – für mich – zurück an ein Wegkreuz, von dem an – in meinen Augen – etwas schiefgelaufen war. Ich wollte zurück, nicht, um mich dort einzunisten, sondern um einen neuen Aufbruch zu wagen, nur eben in eine andere Richtung. Und ich fühlte mich dem Publikum als Entertainer verpflichtet, nicht als Mahner und Erzieher. Um das einmal klar zu sagen. Für mich ist alle Kunst ein Entertainmentbetrieb, und jeder Künstler, der sich überhöht und überzeichnet, der mehr zu sein behauptet, lügt sich in die eigene Tasche. Man muß kein Guru sein, kein Priester, kein Lehrer, kein Schamane, kein Halbgott. Niemand hat auf Erden mehr erreicht als der Künstler, der für seine Arbeit geliebt wird.

June wirkte sehr unruhig, sie rutschte hin und her, als müsse sie mal dringend wohin und verkneife es sich grad noch so. Die Leute blieben konzentriert und ruhig, ich sah in ihre Gesichter und erkannte zumindest keine eindeutigen Mißfallensmimiken. Dann, nach gefühlten zwei Minuten, in Wahrheit sechseinhalb, schloß die fugenartige Komposition mit einer Unisono-Stelle fortissimo und die Coda begann, die zweimal wiederholte Melodie, die aus einer Folge von zehn vierstimmigen Akkorden bestand, die keiner klaren Tonart zuzuordnen waren, die zueinander prima vista gar nicht recht paßten, zusammen aber etwas doch irgendwie Harmonisches ergaben, sobald man ihre Linie verinnerlicht und ihre eigene Logik begriffen hatte. Drüber als hechelnde Sechzehntel im 6/8-Takt das Tremolo der hellen Streicher, wie scharfes Licht, das stoßweise durch einen Schlitz in der Jalousie hinein in ein muffiges Zimmer fällt. Die Melodie, eine Art gähnender Schrei von Riesen, die im Innern von Vulkanen in einer Art Totenstadt hausen, weit, weit oben die unerreichbaren

Lichter der Zivilisation, des Lebens überhaupt, erahnen – und herausschreien, was sie wissen. Im Baß, auf wuseligen Zickzackbewegungen punktierter Sechzehntel einige wuchtige Hammerschläge, rhythmisch zuerst, dann leicht gegen den Takt versetzt, was etwas ganz Nervöses ergab, beinah Hysterisches. Die Melodie war wie eine riesige Welle von Sehnsucht und Grauen, die sich auftürmt und herabkracht, aber in Licht und Farbenteppiche und riesige Fliegenschwärme zerfällt. Ich versuche, diese Musik bildlich zu beschreiben, weil man Papier nicht abspielen kann. Manche meiner Kollegen werden sagen: Warum zeigt er uns nicht einfach die Partitur? Ja, das hättet ihr gern. Es wäre mir auch verboten. Und dann Stille.

Der Dirigent blieb stehen, den rechten Arm auf Kopfhöhe, wie erstarrt, und er drehte und drehte sich nicht um. Der Klang blieb lange im Raum, wie etwas Bleiernes, das bleiben und unterdrücken will. Ich schreibe es genau so nieder, wie ich es empfand, auch wenn vielleicht nicht alles Sinn ergibt und bemüht klingt. Immer noch Stille. Und dann ein Schrei. Eine Frau, eine ältere Frau rief nach einem Arzt. Ihr Mann war halb vom Stuhl gekippt und lag jetzt in ihrem Schoß. Und dann noch ein Schrei, aber nicht von derselben Frau, sondern weit vorne, in der ersten Reihe. Und noch einer, von anderswo. Es war ein Alptraum. Kein Beifall. Nur Panik. Die Leute standen auf, um den Arzt durchzulassen. Bei jeder Konzertveranstaltung mit mehr als dreihundert Menschen muß ja ein Arzt im Publikum sein. Oder ein Sanitäter, ich weiß das nicht so genau. Und der Sani wußte nicht wohin, denn von drei verschiedenen Orten aus rief man nach ihm. Niemand klatschte, denn niemand findet es gut, wenn Leute umfallen, und die wenigen, die es doch gut finden, wollen sich nicht verraten. Die Leute strömten hinaus, offiziell war jetzt Pause, aber niemand wußte, ob es mit dem Konzert irgendwann weitergehen würde oder nicht. Drinnen im Saal wurden Menschen erstversorgt, und die Notarztwagen kamen, Malteser und Rotes Kreuz hielten im Hof, Sanitäter sprangen raus wie in einem Wettrennen, das es wahrscheinlich sogar war. June drückte sich an mich. Es war in ihrem Gesicht zu lesen, daß sie mir etwas sagen wollte, etwas wie: Tolles Stück, gut gemacht! Aber selbst sie, *sogar sie*, verzichtete aus – Pietät, oder wie immer man das nennen will. Drei Menschen wurden abtransportiert. Was mit ihnen geschehen war, wußte ich nicht. Einer, so wurde geraunt, habe reanimiert werden müssen. Eine junge Frau weinte. Über eine Stunde lang standen die Menschen draußen. Manche rauchten, andere starrten auf ihre Smartphones – aber es wurde nicht diskutiert, alle schwiegen. Manche sahen mich an, ein bißchen, nicht feindselig, das wäre zuviel gesagt, mißtrauisch vielleicht. Zum Glück wußten nur die wenigsten, daß ich der Komponist dieses Stückes war. Und so leid es mir tut und so taktlos es klingt, aber ich fühlte mich betrogen. Ich fühlte mich betrogen von diesen jämmerlichen Weicheiern, die es gewagt hatten, während meiner Musik vom Stuhl zu kippen. Ich fühlte mich betrogen, wie ein Kind, dem man zum Geburtstag nichts geschenkt hat, ich war drauf und dran, die Leute einzeln zu fragen, wie sie es fanden, wie es ihnen, trotz der sehr bedauerlichen Begleitumstände, gefallen hatte. Meinen Blumenstrauß habe ich auch nicht bekommen.

Als die Stunde um war, wurden die Leute hereingerufen, es ging weiter mit einem Werk über ein biblisches Thema von Arvo Pärt, und – ob man es glaubt oder nicht – auf das, was passiert war, ging man mit keinem Wort ein. Und vielleicht war ja auch nicht viel passiert. Drei Menschen, alles ältere Herren übrigens, waren mit Kreislaufversagen zusammengebrochen. Das kommt vor. Drei auf einmal? Ja, sehr selten ist auch das möglich. Eine unnatürliche Häufung von Ereignissen gegen die mathematische Erwartung. Die sieben deutschen Tore im WM-Halbfinale gegen Brasilien sind so ein Beispiel. Theoretisch möglich, praktisch kommt es fast nie vor. Das lange und ein bißchen zähe Stück von Pärt bekam Applaus, aber keinen Jubel. Ich glaube, alle waren froh, dieses Konzert irgendwie hinter sich gebracht zu haben. Niemand redete mit mir. Nicht einmal Holler. Sie haßten mich und mein Stück. Mich, weil ich dieses Stück gemacht hatte, das Stück, weil es etwas mit ihnen gemacht hatte. Ich nahm June bei der Hand, ich mußte da weg.

Über die Nacht weiß ich nichts mehr.

Die erste Meldung bei der Nachrichtenagentur Reuters klang noch seriös und der Sache angemessen:

Während des gestrigen Konzerts der Hamburger Kammersinfonie in der Laeiszhalle kam es zu tragischen Zwischenfällen, als drei männliche Konzertbesucher kollabierten. Für einen der drei kam die Hilfe zu spät, der 68jährige starb noch in der Nacht an Herzversagen im Hamburger Asklepios-Klinikum.

Danach folgte ein Artikel im *Tagesblatt*, geschrieben in einem schon sehr viel boulevardeskeren Stil.

WAS IST DA PASSIERT? DREI MENSCHEN KOLLABIEREN GLEICHZEITIG IM KONZERTSAAL. Es handelte sich nicht etwa um ein verschwitztes Rockspektakel vor riesigen Boxen, sondern um ein gediegenes klassisches Konzert mit Werken von u. a. Arvo Pärt und Vladimir Martynov. Die Angehörigen des verstorbenen Thomas F. (68) haben Anzeige gegen Unbekannt angekündigt. Sie wollen die Sache nicht einfach auf sich beruhen lassen. Aber was genau ist ihr Motiv? Angeblich haben während der Pause noch einige andere Konzertbesucher über ein kürzlich zurückliegendes, mehr oder weniger heftiges Unwohlsein geklagt. Die Tochter des Verstorbenen, Helga F. (35), verlangt von den Behörden eine technische Untersuchung der Belüftungsanlagen und bittet mögliche Zeugen und Betroffene darum, sich bei ihr zu melden. (Dies kann über unsere Redaktion geschehen.) Die Direktion der Hamburger Kammersinfonie hat bisher keine Stellungnahme abgegeben. War das ganze ein unwahrscheinlicher Zufall oder gar ein Anschlag durch einen chemischen Kampfstoff? Vom Technischen Überwachungsverein wurden Luftproben angekündigt.

Mein Name wurde nicht mal erwähnt. Ein chemischer Kampfstoff! Na klar. Kam denn niemand aus dem Publikum auf die Idee, meine Musik könne etwas damit zu tun haben? Ich hatte einen Menschen auf dem Gewissen. WROMMM, das bohrte sich in mein Bewußtsein. In mein Kopfweh. Okay, ich war kein Mörder, denn es geschah nicht aus Absicht. Es war fahrlässige Tötung, und mir drohten drei Jahre Gefängnis, gesetzt den absurden Fall, daß jemand ein musikalisches Werk für mächtig genug halten könnte, einen Herzstillstand herbeizuführen, und fähig wäre mir nachzuweisen, daß ich vorab so etwas für möglich gehalten hätte. Ich fühlte mich schrecklich, aber nicht durchweg. Ich will ehrlich sein und zugeben, daß zwischendurch, zwischen Gram und Schuldgefühl, punktuell etwas so Deplaziertes wie *Stolz* in meinem Denken auftauchte. Die achtundsechzig Jahre, die mein Opfer gelebt hatte, waren so wenig auch nicht. Wenn ich mich bei der Kammersinfonie gemeldet und mein Werk zurückgezogen, mit sofortigem Aufführungsverbot belegt hätte, wäre das wohl nur als Wichtigtuerei empfunden worden. Die Chance, daß nach der Uraufführung *Was kommen muß, das kömmt. Alles ist gut* noch mal irgendwo gegeben wurde, war denkbar gering. Zeitgenössische Werke sind allermeistens Wegwerfprodukte. Die Orchester schmücken sich mit der Uraufführung, und ein Komponist muß schon einen großen Namen besitzen, damit sein Stück danach noch einmal gespielt wird. Von daher drohte niemandem Gefahr, nicht unmittelbar jedenfalls, nicht jetzt jedenfalls. Später einmal, wenn ich berühmt sein würde, dann ja. Aber bis dahin war Zeit. June blieb die ganze Nacht über sehr still und kommentierte nichts von alldem, wofür ich sehr dankbar war. Aber als hätte sie mir stundenlang ins Gewissen geredet, versprach ich ihr, daß niemals wieder *Was kommen muß, das kömmt. Alles ist gut* öffentlich erklingen würde. Niemals. Höchstens als Konserve, auf CD, und mit den nötigen Warnhinweisen. Mit überschaubarem Risiko. Ich konnte mir sogar das rote Emblem auf der CD vorstellen, ich würde, gattungsübergreifend, einen Slogan der von mir hochgeschätzten Einstürzenden Neubauten zweitverwenden: *Keine Schönheit ohne Gefahr.*

Und Herrgott, wenn doch ein paar dran krepierten, verdammt, dann war das eben so. Ein Künstler kann doch sein Licht nicht unter den Scheffel stellen, nur damit ja keine Mücke drin verbrennt. Dann war ich eben ein gefährlicher Künstler, viel lieber doch das als ein Schmusetyp, ein Animateur, der Schnellverdauliches zur Volksbelustigung abliefert.

Wir fuhren mit dem Nachmittagszug nach Berlin zurück, ohne daß uns die Polizei befragt hätte. Was mich, ehrlich gesagt, ärgerte. Denn alle Mitglieder des Orchesters mußten wissen, daß meine Musik, nichts sonst, der Auslöser für jene bedauerlichen Kollateralschäden gewesen war. Und keiner von ihnen verlor ein Wort darüber, aus Angst, sich lächerlich zu machen. Nein, kein verdammtes Wort.

X

NACHHALL

Den Rest dieses Septembers betrog uns das Wetter mit dem November. Einer meiner Lieblingsmonate erging sich in Regenschauern, Wind und Kälte. Die natürlichste aller Stimmungsaufhellerinnen versteckte sich hinter Wolken, die Ur-Uhr ging falsch.

June besaß viele gute Eigenschaften. Tröstlich auf betrübte Melancholiker zu wirken gehörte nicht zu ihren Ausdauerdisziplinen. Ich vermute, sie wußte nicht recht, was von mir zu halten war, sie ahnte, daß ich ihr etwas verschwieg und vorenthielt, und meine Neigung zum Fluchtrausch ging ihr zunehmend auf die Nerven. Wir sahen uns nur zwei-, dreimal die Woche und schliefen kaum noch miteinander.

Sehr bald, als wolle man die verhaßten Noten schnell loswerden, trafen aus Hamburg die gebundenen Orchesterstimmen ein, die ja nur von mir ausgeliehen waren. Theoretisch hätte ich die einundzwanzig Mappen und die Dirigierpartitur verbrennen können, und das Stück wäre physisch nicht mehr existent gewesen. Aber wer weiß schon, wer sich alles eine Kopie der Noten gemacht hatte. Eine offizielle Aufzeichnung des Konzerts hatte es nicht gegeben, eine inoffizielle für den Hausgebrauch aber mit hoher Wahrscheinlichkeit. Man konnte davon ausgehen, daß der Mitschnitt, wie weithin üblich, an etliche Interessierte weitergegeben wurde, daß einer dieser Menschen das MP3 bei *Soundcloud* oder einem ähnlichen Internetportal hochladen würde, und binnen weniger Minuten hätte – theoretisch – die gesamte Weltbevölkerung darauf Zugriff. Außerdem gab es fast immer Konzertbesucher, die heimliche Mitschnitte, sogenannte Bootlegs, machten. June hatte, auf meine Bitte hin, dasselbe getan, mit einem Kleinstgerät; die Qualität der Aufnahme war erstaunlich. Ich war der Meinung und gehe noch immer davon aus, daß das Stück nur live gespielt Gefährdungspotential besitzt. Zu meinen Lebzeiten würde ich jede Aufführung verbieten, und wenn es irgendwo irgendwer ohne meine Erlaubnis auf den Spielplan setzte, war ich nicht verantwortlich für das, was danach geschah. Oder doch? Ja schon. Was hätte ich denn machen sollen? Auf den Marktplatz gehen, mit der Trillerpfeife Triller pfeifen und herumschreien, daß meine Komposition gesundheitsgefährdend wirken könne? Man hätte mich für verrückt erklärt, hätte mir eine Marketingmasche unterstellt, und die paar Leute, die mir vielleicht sogar geglaubt hätten, wären nur neugieriger geworden. Im allergünstigsten Fall wäre die Komposition behördlich verboten worden, ein sehr interessanter Präzedenzfall übrigens, der erste weltweit, der ein akustisches Kunstwerk zum medizinischen Schutz der Allgemeinheit verboten hätte. Immerhin nicht undenkbar. Zum Schutze des sittlichen oder religiösen Empfindens waren schon viele Werke der bildenden Kunst und der Literatur verboten gewesen, und es ist gar nicht so lange her, daß in Bayern ein Ballett von Werner Egk Aufführungsverbot bekam, weil der Kultusminister in der dargestellten schwarzen Messe mit Teufelsbeischlaf eine volksseelengefährdende Blasphemie erkannte. 1949 war das, und der Minister trug den schönen Namen Aloys Hundhammer.

Aus Hamburg kam dann auch noch Frau Helga F., Tochter meines Opfers Thomas F. (68). Sie habe vergeblich versucht, mich am Telefon zu erreichen. Ah, sie war das also gewesen, keine Phishingnummer eines Callcenters, wie ich vermutet hatte. Ich bat die Dame herein und erwartete Schlimmes, aber sie war sehr höflich. Die Polizei, sagte sie, habe ihre Ermittlungen, wenn man dieses Wort überhaupt gebrauchen mochte, ja längst eingestellt, in den Luftproben sei nichts Unnatürliches festgestellt worden, und die Chemie-Experten meinten, dann sei da auch nie etwas gewesen, denn die heutigen Gerätschaften seien derart sensibel, daß sie Giftstoffe auch nach Tagen noch registrierten, selbst in feinster Dosierung.

»Aha«, sagte ich.

»Jaja«, sagte sie, und sie habe viele Zeugen befragt und Aussagen gesammelt, und da sei ihr eine komische Idee gekommen.

»Aha«, sagte ich.

»Jaja«, sagte sie, und zwar sei ja ich der einzige (feststellbare, wie sie sich ausdrückte) *Komponist* im Saal gewesen und habe das Ganze mitverfolgt, am eigenen Leib erlebt quasi, und da wolle sie mich eben fragen, ob mir vielleicht etwas aufgefallen wäre, etwas Ungewöhnliches, das vorgegangen sei.

»Nun ja«, sagte ich, »mein Stück wurde gespielt, das ist vorgegangen. Ich war sehr nervös und habe sonst nicht viel mitbekommen.«

»Eben«, sagte sie, »es war wohl kurz nachdem Ihr Stück zu Ende war, als mein Vater umkippte.«

»Das tut mir übrigens sehr leid«, sagte ich.

»Danke. Ich hätte«, sagte sie, »da mal eine Frage an den Experten. Bitte lachen Sie mich nicht gleich aus.«

»Fragen Sie ruhig«, sagte ich ruhig. Äußerlich. Innerlich bebte ich.

Helga F. wollte von mir wissen, ob es rein theoretisch möglich sei, durch eine gewisse rhythmische Figur Herzrhythmusstörungen auszulösen.

Ich tat, als dächte ich nach, und schüttelte dann den Kopf. Wenn so etwas möglich wäre, sagte ich, wäre es sicher schon einmal praktiziert worden. Dann gäbe es im Umkehrschluß auch so etwas wie *Foltermusik*. Nein, sagte ich, durch einen Rhythmus könne man sicher niemandem Schaden zufügen, jedenfalls nicht in einem überschaubar kurzen Zeitraum.

»Das wollte ich«, sagte sie, »nur wissen. Verstehen Sie, ich will nicht den Sensenmann oder das Schicksal vor Gericht stellen. Ich versuche nur zu begreifen … Tut mir leid, wenn ich Ihre Zeit verschwendet habe.«

»Das haben Sie keineswegs, Frau F., es lohnt durchaus, einmal darüber nachzudenken. Musik kann gewaltige Emotionen auslösen. Nicht wenige Dirigenten sind gestorben, als sie den *Tristan* dirigierten. Das kann einen schon gewaltig mitnehmen.«

Sie lächelte knapp. »Ja, gut, der *Tristan* vielleicht schon ...«

Aber nicht so eine zeitgenössische Lappalie wie Ihre, ergänzte ich im Geiste. Sie erhob sich, um zu gehen.

»Eine Frage noch, Frau F.!«

»Ja bitte?«

»Haben Sie sich das Konzert mal angehört?«

»Wie denn?«

»Hat man Ihnen keine Aufnahme zur Verfügung gestellt? Keine CD oder MP3-Datei?«

»Nein ... aber ich verstehe ja auch nichts von so 'ner Musik. Ich steh mehr drauf, wenn richtig was abgeht.«

»Aha«, sagte ich.

»Jaja«, sagte sie.

XI

WICHTIG!

Von den dreiundachtzig noch tätigen abendländischen Dämonen sind über vierzig Prozent arbeitslos. Sie hängen an ihrer Existenz, die sich allein aus dem Glauben ergibt. Denn woran geglaubt wird, das wirkt, und alles, was wirkt, ist. Es sind indes nicht mehr jene jungen, kraftstrotzenden Dämonen von einst, denen soundso viele Legionen der Hölle zur Verfügung standen, das ist passé und kehrt nie wieder. Die Dämonen, die heute im Zwischenreich herumlungern, gleichen menschensüchtigen Hunden, unterwerfen sich einem jeden, der ihnen Aufgaben zuweist, der die Kraft und den Mut besitzt, ihnen neuen Sinn zu verleihen. Die meisten von ihnen machen alles. Man muß sie nur richtig zu rekrutieren wissen. Und der Magier muß, wie in einem Wolfsrudel, sicherstellen, daß ihm, immer nur ihm allein, die Rolle des Alphatiers zufällt.

Ansonsten wird es sehr gefährlich.

(Aus der Gebrauchsanleitung zu Banshee und Bapfo)

XII

DODEKA

Bis hierhin ist fürs erste alles gesagt, doch aufgrund gewisser formeller Vorschriften bedarf es an dieser Stelle unbedingt noch eines zwölften Kapitels. Würde ich es weglassen, würde ich mich selbst, vor allem aber die Leser, einem unüberschaubaren Risiko aussetzen. Es könnte dann sein (*Hebt euch hinweg*!), daß zwischen zwei Seiten dieses Buches, und zwischen welchen, weiß selbst ich nicht genau, eine Art Spalt entsteht, hervorgerufen vielleicht durch einen Fingernagel oder sonstwas. Und was aus diesem Spalt hervorkriecht, könnte direkt über die Augen ins Gehirn einfließen. Und dort bleiben. Für immer bis ans Ende.

Mit diesem zwölften Kapitel wird im zahlenmagischen Ritus die helfende Gnade des Universums beschworen. Indes kann und will ich nicht verhehlen, daß diese Beschwörung, anders als die Menschen früher glaubten, einer demütig geäußerten Bitte gleichkommt. Sie ist also kein Bannspruch, sie stellt auch keinen Befehl dar und verfügt folglich über keinerlei Befehlsgewalt. Es tut mir leid, Ihnen das so sagen zu müssen. Ein nicht unerheblicher Prozentsatz der Menschen, die dieses Buch lesen, werden sterben. Ich habe das nicht gewollt und sehr wahrscheinlich auch gar nicht zu verantworten. Trotzdem bewegt es mich, es bewegt mich zutiefst und hat mich schon immer so sehr bewegt, daß ich Künstler geworden bin.

Ein einziger Trost drängt sich auf in diesem Moment: Von denjenigen, die dieses Buch *nicht* lesen (oder nicht zu Ende), sterben alle. Alle.

2. TEIL

I

SPADA

Als seine Eminenz Orazio Spada im Jahre 1703 von Rom nach Warschau geschickt wurde, als neuer apostolischer Nuntius, benötigte er neunzig Tage für die Reise. Begleitet wurde der Vierundvierzigjährige von seiner halb so alten Geliebten Filippa Gargagnese, einer Fleischerstochter, die ursprünglich einmal seinem Gesinde angehört hatte. Filippa freute sich auf das polnische Wetter, beschwingt von der Hoffnung, dort viel öfter als in Rom die stattliche Sammlung ihrer Pelze zur Schau stellen zu können. Im Gepäck des sehr musikalischen Kardinals befand sich, eingepackt in Dutzende Rinderfelle, ein Cembalo, dessen Klang Filippa während der Reise schmerzlich vermißte. Sie war daran gewöhnt, von ihrem Geliebten allabendlich ein kleines Nachtkonzert kredenzt zu bekommen, denn er liebte sie sehr, obwohl sie als leicht beleidigt und kapriziös galt und nicht nur galt. Ebenso liebte Orazio die Musik, mit der er die Sorgen und Nöte des Tages gleichsam überspielte und, ein praktischer Nebenzweck, seine oft launenhafte Mätresse in einen fast schäflich-friedvollen Zustand versetzte. Auch hinterher, im Schlafgemach, generierte sein Cembalospiel eine gewisse gesteigerte weibliche Bereitwilligkeit.

Die lange Reise wurde zur Zerreißprobe für das ungleiche Paar. Filippa murrte über alles, das es zu bemurren gab, sie steigerte sich in ein künstlich aufgeblähtes Heimweh hinein, sie ohrfeigte die Wirte, die Knechte, den Kutscher und manchmal sogar die Pferde, und jedesmal wenn der Troß die Grenze zu einem neuen Land passierte, spuckte Filippa erst einmal aus. Orazios Liebe wurde auf eine Probe gestellt, die er nicht bestand. Als ihm, dem Kardinal der römisch-katholischen Kirche, von ihr, der überspannten Fleischerstochter, vorgeworfen wurde, beim Papst nicht genug gebuckelt zu haben, weswegen man ihn nach Warschau, an den *culo di mondo* versetzt habe, und als das wildgewordene Mädchen als Höhepunkt des folgenden Wortgefechts ihn, dem sie alles verdankte, zu ohrfeigen wagte, da boxte er ihr, ohne darüber nachzudenken, in den Bauch. Manche Historiker glauben sogar, er habe sie getreten, und die Legenden fügen hinzu, sie sei schwanger gewesen, denn wenn eine Frau von einem Würdenträger der Kirche in den Bauch getreten wird, macht sich ein zusätzlicher Embryo im Bildzentrum ganz gut, das wird in jeder Kunsthochschule gelehrt. Warschau lag nur noch zwei Tagesreisen entfernt, als Filippa um Vergebung für ihr eitles Leben und um die Sterbesakramente bat.

Orazio fand ihren Wunsch, wie so viele ihrer Wünsche, maßlos übertrieben, er glaubte, ihr Verdauungstrakt litte unter dem miserablen Zustand der Straßen nach Osten und der zu fetten Nahrung in den rustikalen Wirtshäusern. Filippa wußte es besser und starb langsam, indem sie innerlich verblutete.

Vierzig Meilen vor Warschau wurde sie begraben, auf einem kleinen Friedhof, praktisch unerreichbar für jeden ihrer Angehörigen. Orazio Spada war untröstlich und konnte seine Trauer nur schwer verbergen. Selbst als er vom polnischen König empfangen wurde, rollten ihm Tränen über die Wangen.

In frischer Trauer beurteilen Menschen, die Schuld auf sich geladen haben, ihre Rolle bei dem, was geschehen ist, zuerst viel härter und unbarmherziger, als es objektiv nötig wäre. Sie denken sogar an Selbstmord, um sich für die begangene Sünde zu bestrafen. Wenn sich dann die Salbe der Zeit auf ihre Wunde gelegt hat und die Menschen doch weiterzuleben beschließen, übertragen viele von ihnen einen Teil der Schuld auf jemand anderen, und wenn nicht die Schuld, so die Verantwortung, und wenn nicht die Verantwortung, dann den Tathintergrund. Kurzum: Spada erkannte in Filippas Tod die Strafe Gottes. Zwar war sie es, die qualvoll gestorben war, gestrafter jedoch fühlte sich der Nuntius. Und womit glaubte er den Zorn Gottes auf sich gelenkt zu haben? Weil er Filippas natürliches Gemüt zu oft beeinflußt hatte, mit Melodien, die es nach dem Willen der Kirche längst nicht mehr geben durfte, die man vierzehn Jahre zuvor im Nachlaß des Kastratensoprans Pasqualini gefunden hatte, eines Sängers der päpstlichen Kapelle. Spada war damals der noch junge Priester gewesen, der Pasqualinis Haus durchsuchte und auf die Knochen von mindestens zwei Dutzend toter Frauen stieß. Der Großinquisitor schickte eine Untersuchungskommission, aber es gelangte nicht viel ans

Licht, und das wenige wurde vertuscht. Es gab Gerüchte über einen frauenhassenden Geheimbund und satanische Opferrituale, bei denen von fanatisierten Männern häretische Musik gesungen wurde. Aber wenn es diesen Bund tatsächlich jemals gab, dann hatten sich dessen Mitglieder zu gut geschützt, waren alt geworden und unbestraft gestorben. Alles, was Spada schließlich in der Hand hielt, waren einige Notenblätter. Er hatte, aus persönlichem Ehrgeiz, eine Abschrift gemacht, bevor er die Originale dem Großinquisitor aushändigte, der sie sofort vernichten ließ. Es war dabei sehr schöne Musik. Aus Angst, man könne seinen Unterschleif entdecken, hatte Spada die Noten verschlüsselt. Immer abends, nach dem zermürbenden Tagesgeschäft im Vatikan, wenn er allein in seinem Musikzimmer saß, spielte er ein paar davon am Cembalo und füllte seinen ermüdeten Geist mit Anmut und Emphase. Als er zum Kardinal ernannt wurde und Zeit genug vergangen schien, fühlte er sich hinlänglich sicher, auch seiner jungen Geliebten jene Musik vorzuspielen. Um vor ihr anzugeben und alles Schöne mit der Schönen zu teilen, wie es die Liebe nun einmal will. Die Wirkung war verblüffend – und was sollte schon passieren? Filippa verstand nichts von Musik, sie empfand sie nur, und diese Melodien veränderten, verwandelten ihren streitlustigen, launischen Charakter für Stunden, für innige, harmonische Stunden. Vordergründig eine feine Sache. Dessen ungeachtet war das Ganze offenbar eine Sünde, eine Hexerei gewesen, und Gott hatte Spada für seinen Ungehorsam grausam bestraft. Hatte ihn dazu gebracht, das ihm Liebste auf Erden von eigener Hand zu töten.

Orazio Spada, dessen Gesichtsfarbe sich nie zwischen Grau und Gelb entscheiden konnte, residierte nur für drei Jahre als päpstlicher Nuntius in Warschau, bevor er zurück nach Rom ging. Den Rest seines Lebens litt er unter Schwermut und Impotenz. Jene unheilvollen Noten aber über die Flamme einer Kerze zu halten oder in den Ofen zu werfen, in einer kalten polnischen Winternacht, dazu hatte er sich nie entschließen können. Aus Furcht, einen zweiten, noch schlimmeren Fehler zu begehen. Woher diese Musik auch immer stammte, es umgab sie etwas, das groß und glorios war, viel größer und glorioser als Spadas Leben und Leiden. Dergleichen konnte kein Teufel ohne Gottes Billigung erschaffen haben. Spada ahnte all das und litt schwer, weil er mehr darüber nie in Erfahrung bringen würde. Er, der sein Dasein hätte feiernd herumbringen können, in Bildung und Wohlstand, sehnte das Jenseits herbei, getrieben von der vagen Hoffnung, dort endlich das Geheimnis zu begreifen. Vor seiner Abreise nach Süden entschloß er sich zu einem für jene Zeit recht eigenartigen Schritt. Der, denkt man darüber nach, an Logik gewinnt.

II

1706 – PERLMAN

Der Warschauer Rebbe mit Namen Ezechiel Perlman hatte sich nicht schlecht gewundert, als ihm ein Lakai auf der Straße die Einladung überreichte. Die Bitte um ein persönliches Treffen wurde geäußert, am Freitag der laufenden Woche, wenn möglich am späteren Abend. Der Ort des Treffens würde mündlich mitgeteilt werden. Sehr eigenartig. Auch trug das Billett weder Unterschrift noch Datum noch Siegel. Der Lakai gab sich als Kammerdiener des päpstlichen Nuntius Orazio Spada zu erkennen und bat den Rebbe Perlman darum, es nicht als Respektlosigkeit zu empfinden, wenn man ihn bitte, die Wohnung des Nuntius über den Hintereingang zu betreten, am besten nach Einbruch der Dunkelheit. Es gehe um etwas, das delikat und nicht dafür bestimmt sei, von vielen Augen beobachtet zu werden.

Perlman war kein Rabbiner im Sinne eines religiösen Gemeindeoberhauptes, sein Titel war nicht offiziell, die Juden in Warschau besaßen zu jener Zeit noch keine allseits anerkannten obersten Würdenträger. Rebbe oder Rabbi wurde man genannt, wenn man sich durch Gelehrsamkeit und Hilfsbereitschaft den Respekt seiner

Glaubensbrüder erworben hatte, so wie man einst auch Jesus von Nazareth als Rabbi angesprochen hatte.

Über zwei Jahrhunderte lang war Polen für europäische Juden ein relativ liberales Land gewesen, bis in die Mitte des 17. Jahrhunderts, als erst durch den Chmelnyzkyj-Aufstand, dann durch die Invasionen der Schweden und Russen beinahe 700 000 Juden ihr Leben verloren, in die Sklaverei verschickt oder zwangsgetauft wurden. Die Überlebenden hatten sich ein nochmaliges Überleben oft mit wahnwitzigen Summen erkaufen müssen. Seither waren die meisten polnischen Juden verarmt und kamen nicht mehr recht nach oben.

Ezechiel Perlman war ein Mann mit vielen Aufgaben und wenig Einkünften. Und er gehörte erst gar nicht zu jenen, die nach Reichtum strebten, um verfolgten Glaubensbrüdern im Falle eines neuen Pogroms mit Geld beizustehen. Er lebte bescheiden und hatte sein Dasein der Kontemplation gewidmet, der Näherung an das Göttliche. Er stand im Ruf, gleichermaßen barmherzig und weise zu sein und, bei aller Gottesfurcht, doch pragmatisch genug, um mit jedermann vernünftig und ohne Dünkel zu reden. Deswegen wurde er oft in Streitsachen als Schiedsrichter bestimmt, anerkannt von fast allen Warschauer Juden, egal welcher der diversen Strömungen ihres Glaubens sie angehörten.

Perlman war vor allem: menschlich. Und also viel zu neugierig, um die Einladung eines päpstlichen Nuntius zu ignorieren. Was er sich auch kaum hätte erlauben können, ohne Unheil für sich oder seine Brüder zu riskieren.

Perlman folgte den Anweisungen des Lakaien, wenn auch unwillig und in einem Gefühl der leisen Demütigung. Er schritt die Marszalkowska hinunter, die am Tag eine Prachtstraße mit Luxusgeschäften war, nach Sonnenuntergang aber derselben Finsternis anheimfiel wie alle anderen Straßen dieser Stadt, die sogar eher noch etwas finsterer war, weil auf dieser Straße keine Obdachlosen geduldet wurden, die sich an einem offenen Feuer erwärmt hätten.

Perlman klopfte an Spadas Hintertür, wie ein Dienstbote, der Lebensmittel anliefert oder den Hausmeister um ein Almosen bebettelt. Die Tür ging auf. Perlman traute seinen Augen nicht.

Der Nuntius höchstpersönlich öffnete ihm (fast undenkbar war das!) und hieß ihn willkommen. Die Hand gab er ihm nicht, das hätte ein Zuviel an Vertraulichkeit bedeutet. Aber Perlman mußte sich nicht beleidigt fühlen, denn Spada klopfte ihm, was eigentlich noch viel undenkbarer war, auf die Schulter. Der nicht mehr ganz junge Rebbe trat herein, man schritt zusammen durch ein Vorzimmer direkt in den Privatbereich der riesigen Wohnung. Ein Zimmer war von sieben Kandelabern hell erleuchtet, im Kamin knackte das Holz, und in der Mitte standen ein Spieltisch und, einander gegenüber, zwei mächtige, gutgepolsterte Sessel. Der Spieltisch war abgeräumt, die Schachfiguren lagen mit den Tric-Trac-Steinen in einem Kästchen am einzigen Fenster. Perlmans Blick fiel sofort auf das Cembalo, welches ein herrliches, aus Kirschholz gefertigtes Instrument war.

»Spielen Sie, Herr Rabbi?«

Perlman wollte nicht servil klingen, und so hörte sich seine Antwort aufsässiger an als beabsichtigt.

»Ich wüßte nicht, warum ich das *nicht* tun sollte. Ich meine: weil Ihre Frage so verwundert klingt.«

»Ich meinte eigentlich Schach. Natürlich spielen Sie Klavier, wie jeder Mensch von Rang.«

»Ach so. Nein, Schach spiele ich nicht. Ich habe Angst davor, denn es soll ein faszinierendes Spiel sein, das einen viel Lebenszeit kostet, beschäftigt man sich erst einmal tiefer damit.«

»Ja, am Klavier erzielt man schnellere Erfolge, das stimmt. Wie man mir sagte, ist das Judentum sowieso eine recht musikalische Religion. Nicht wahr? Stimmt es, daß Musik bei euren Ritualen eine gewisse Rolle spielt?«

Perlman beschloß, die etwas steife Situation mit einem Witz zu zersetzen.

»Oh ja, manchmal. Um das Geschrei der Christenkinder zu übertönen, die wir stehlen und austrinken.«

Das Eis war noch nicht gebrochen. Spada konnte über so etwas nicht lachen.

»Ach bitte, kommen Sie, werden Sie nicht spitzzüngig. Ich könnte das als gewisse Feindseligkeit mißinterpretieren. Lassen Sie uns vorurteilsfrei wie zwei … zwei …«

»Menschen?«

»Gut, nehmen wir Menschen. Reden. Also noch mal meine Frage: Spielt in Ihrer Religion Musik eine gewisse magische Rolle?«

»Wer sich in der Musik verliert und die Ekstase erreicht, erreicht die Auslöschung des Selbst. Dann offenbart sich der Schöpfer dem, der sich nach ihm sehnt.«

»Sie haben also schon einmal Gott gesehen?«

»Oje. Die Frage, abgesehen davon, daß sie indiskret ist, ist auch ganz falsch gestellt.«

»Schon gut, das geht mich wirklich nichts an.«

Sie setzten sich und tauschten noch einige Plänkeleien aus, bis Spada zur Sache kam und ein Täschchen auf den Tisch legte, ein bleistiftlanges, fast quadratisches Ledertäschchen, das mit einem einfachen Band aus blauem Samt verschnürt war. Der Rabbi sah kurz darauf, ließ sich aber nicht zur Frage hinreißen, was das sei, er vermutete zu Recht, es ohnehin in Kürze zu erfahren.

»Bei euch Juden gibt es keinen Teufel, stimmt das?«

»Der Unaussprechliche ist der Herr, er hat keinen Gegenspieler wie bei euch. Was für ein Duell wäre das? Absurd und sinnlos. Der Unaussprechliche, Tetragrammaton, ER ist der Herr, und sowohl das Gute als auch das Böse sind von ihm, dem ewigen Wesen, begründet. Gut und Böse sind von dieser Welt, ER aber, das ewige Wesen, steht dieser Welt transzendent gegenüber.«

»Aber den Satan, den gibt es doch auch in eurem Schriftgut, oder nicht?«

Perlman wiegte den Kopf, wie um einen Gedanken zu balancieren, und er zupfte an seinem Bart, als ob der Gedanke damit auf der Zunge ankomme. »Satan ist, salopp gesagt, ein Titel, den wir Engeln mit unangenehmen Aufträgen verleihen. Nie handelt einer von ihnen eigenmächtig, sondern immer im Auftrag von IHM, und er erfüllt also den Willen von IHM.«

Spada nickte. Das kam ihm zupaß.

»Also ist nichts grundböse?«

»Nichts ist nur gut. Es gibt kein Ding, das böse und der Liebe unwürdig wäre. Und ohne bösen Trieb ist kein vollkommener Dienst. Man kann sogar IHM mit dem bösen Triebe dienen. Wenn man denn sein Begehren, seine Glut zu IHM hinlenkt. Und Reue ist immer möglich.«

»Dann, Rabbi, bin ich bei Ihnen richtig. Trinken Sie ein Glas römischen Rotwein mit mir?«

»Das lehne ich gewiß nicht ab.«

Spada schenkte ein und begann zu erzählen, mit einer gewissen angetäuschten Beiläufigkeit.

»Es gibt in Italien eine dunkle, beinahe schon vergessene Legende, über einen Magier, der etwas erschuf, lassen wir beiseite, was es war, das tut nichts zur Sache. Aber der Mann soll ursprünglich ein Glaubensgenosse von Ihnen gewesen sein, der aus Spanien vertrieben wurde. Es gibt im Vatikanischen Archiv eine ganz knappe Erwähnung. Egal. Dahinter steht eine zu lange Geschichte, die ich kaum kenne, und genaugenommen darf ich nichts davon auch nur erwähnen. Was hier zwischen uns auf dem Tisch liegt, hat seinen Ursprung vielleicht von ihm. Ich meine nicht IHN – ich meine diesen Magicus. Ich glaube, ähnlich wie Sie, daß gewisse Dinge nicht von Grund auf böse sein können. Erst in der Hand eines schlechten Menschen gelangen sie zu böser Wirkung. Ich hatte nicht das Gefühl, etwas Sonderbares – und sagen wir neutral: Zauberhaftes – beenden zu dürfen, indem ich es verbrenne oder zerstöre. Ich kann damit aber auch nicht weiter leben. Darum sitzen wir hier. Ich gebe Ihnen dieses Paket, das möglicherweise von Ihrem Glaubensbruder stammt, denn Sie sind ein Lehrer und Tröster, und Sie sind der, an den jemand wie er sich wohl in der Not gewandt hätte.«

»Was ist das denn?« Perlman sah für den Moment eher mißtrauisch drein als über die Maßen erfreut.

»Egal, was es ist – nehmen Sie es als ein Geschenk. Ich hätte Ihnen überhaupt nichts darüber erzählen sollen. In Ihren Händen verliert es jede Vorgeschichte. Und wird dadurch *rein*. Es sind keinerlei Verpflichtungen damit verbunden. Keine! Ich will Ihnen nicht sagen, was Sie damit tun sollen. Sie sollen gar nichts damit tun. Ich weiß auch nicht, was Sie *nicht* damit tun sollen. Es geht mich nichts an. Am liebsten wäre mir, Sie würden das Paket nie aufschnüren, aber immer in Ehren halten, so daß das, was darin ist, in der Welt ist, aber keine Gefahr davon ausgehen kann.«

Die beiden Männer sahen einander lange in die Augen. Schließlich nickte der Rebbe.

»Wenn Sie das wünschen, ehre ich Ihren Wunsch, denn Ihr Vertrauen in mich bringt mir Respekt entgegen, und das ist das größte Geschenk, das ein katholischer Würdenträger einem Juden seit langer Zeit gemacht hat.«

Die Männer stießen mit ihren Gläsern an.

»Gut, aber der Respekt hat eine klare Grenze. Dieses Treffen hat nie stattgefunden. Wenn man Sie foltert und Sie behaupten, wir hätten ein Zwiegespräch geführt und ich hätte Ihnen etwas geschenkt, so werde ich sagen: Der Jude lügt wie gedruckt.«

»Ich verstehe. Danke für dies offene Wort.«

»Dann nehmen wir an dieser Stelle Abschied voneinander, und ich schlage vor, daß wir uns die Hand geben.«

»Es wäre von meiner Seite selbstverständlich gewesen, Ihnen die Hand zu geben, Monsignore.«

»Ach, Sie sprechen Italienisch?«

»Ein ganz klein wenig. Mein Urgroßvater war Italiener. Aus Bozen.«

»Es ist schön da. Überaus schön. Warum ist er dort nicht geblieben? Warum strömen so viele Juden nach Polen? Was ist an diesem windigen Land so anziehend für euch?«

»Wir tragen Bärte und Schläfenlocken und Mäntel und Hüte. Im Süden würden wir zu sehr schwitzen. Nein, Scherz! Nur ein Scherz. Wir wurden massakriert in Bozen. Kein Scherz. Polen ist ein verheißungsvolles Land. Auf hebräisch nennen wir es Polonia oder Polin. Das ist ein gutes Omen. *Polonia* kann in drei hebräische Wörter geteilt werden. *po* – hier, *lan* – wohnt, *ya* – das ewige Wesen, und *Polin* in zwei Wörter: *po* – hier, *lin* – sollte man wohnen.«

»Interessant. Dann muß man sich um euch ja keine Sorgen machen. Nun, hat mich ehrlich gefreut. Wirklich – ganz ehrlich. Geben wir uns die Hand.«

»Für des Menschen Aufstieg ist keine Grenze, und jedem ist das Höchste offen.«

Sie reichten einander die Hände, wenn auch nur sehr kurz, und gingen auseinander. Spada fühlte, jetzt, da er das Täschchen nicht mehr besaß, eine riesengroße Erleichterung. Ein paar der Melodien wußte er auswendig, und wenn sein Trübsinn an manchen Tagen so schlimm wurde, daß er hätte sterben mögen, spielte er eine gewisse Tonfolge, die ihn auf einen Schlag glücklich machte, wie ein starkes Rauschgift, dessen Wirkung leider nicht lange anhielt.

III

EITELL REGEN

Perlman öffnete das Täschchen noch am selben Abend, um vor Neugier nicht zu platzen. Die Noten, die er fand, spielte er anderntags in der Klavierhandlung Szpillman, denn ein eigenes Instrument hätte er sich nie leisten können. Was die Tasten unter seinen Fingerspitzen von sich gaben, erregte niemandes Aufmerksamkeit im Laden, und der Rabbi schüttelte wiederholt den Kopf, wie einen Brotsack, von dem sich ein Hungernder ein paar Krümel erhofft.

Das war keine gute Musik. Das war nicht ansatzweise sinnerfüllte Musik. Vielleicht war es überhaupt keine Musik, und die Noten standen in Wahrheit für Buchstaben. Darin bestand ein mögliches kryptographisches System. Für Perlman war klar, daß nicht etwa ein päpstlicher Nuntius ihm dieses Rätsel anvertraut hatte, sondern daß das Ganze, wie alles andere auch, von Gott kam. Gott hatte ihm eine Aufgabe gestellt. Der Nuntius hatte, gleich in den ersten Minuten, nachdem Perlman das Zimmer betreten hatte, angefangen, über Musik zu reden. In einer fast plumpen Weise war das Thema aufs Tapet gebracht worden. Also ging es bei diesen angeblichen Noten ganz sicher *nicht* um Musik. Das war nur Ablenkung, um ihn, Perlman, auf die falsche Fährte zu locken. Diese Bögen enthielten eine andere Botschaft.

Über fünfundzwanzig Jahre lang probierte sich Ezechiel Perlman an einer Deutung und Übersetzung. All seine Nachtarbeit galt diesem Unterfangen. Manchmal schien er kurz vor dem Durchbruch zu sein. Deutete man ein *a* zum Beispiel für ein *p* und ein *b* für ein *h* und ein *des* für ein *o*, so begann der Text mit dem Wort PHILOSOFIE. Vielversprechend. Aber warum der Schreibfehler? Nun, Schreibfehler werden gemacht, auch von Gelehrten. Sie heißen dann Fingerfehler oder Flüchtigkeitsfehler, um die Gelehrten nicht zu beleidigen. Aber so ein Fehler?

Es gab mögliche Erklärungen: die Liebe zu einer Frau namens Sofie, oder aus irgendeinem Grund mußte das Wort um einen Buchstaben gekürzt werden, oder vielleicht war mit dem F ein Hinweis auf eine Sprache gegeben, die üblicherweise kein F verwendet.

PHILOSOFIE kostete Perlman ein Jahr, bevor er den Ansatz verwarf. Ein andermal ergab die Umverteilung von Noten zu Buchstaben auf einem der Bögen einen kompletten Satz.

ES IST EITELL REGEN LEISTET RUHE.

Darüber dachte Perlman sehr lange nach. Im Grunde sagte der Satz alles, was es zu wissen gab, wenn auch auf eine etwas verquaste Weise. Leider ergaben die anderen Bögen nichts von ähnlichem Wert. Es braucht kaum erwähnt zu werden, daß der Rabbi die Buchstaben auf vielerlei Art wendete, ersetzte, vertauschte. Da er des Polnischen, Lateinischen, Hebräischen, Jiddischen, Griechischen und Französischen mächtig war, hinzu kamen etliche Brocken Italienisch, war ihm in fünfundzwanzig Jahren nicht ein einziges Mal langweilig, alles mußte ausprobiert werden – und erst im sechzigsten Jahr seines Lebens hielt er es für möglich, das Rätsel nicht lösen zu können. Aber er begriff, daß es von Anfang an so geplant gewesen sein mußte von IHM, dem ewigen Wesen, und es war gut von IHM geplant, denn das stand ja außer Frage. Vermutlich hätte ein auf Kombinationen und Numerologie spezialisierter Kabbalist einiges zur Entschlüsselung beitragen können, aber Ezechiel Perlman fand, daß er den ihm erteilten Auftrag nicht einfach delegieren durfte. Das Rätsel sollte ewig sein.

Er rief seinen einzigen Sohn herbei, Isidor, ein Mann mit feuerrotem Haar, leichtem Silberblick und Schläfenlocken, die bis zur Brust hinabreichten. Ezechiel übergab seinem Nachkommen feierlich das Täschchen mit ungefähr denselben Worten, die einst der Nuntius an ihn gerichtet hatte. Er solle gut darauf aufpassen, es am besten erst gar nicht öffnen und, wenn die Zeit gekommen war, an seinen eigenen Ältesten weiterreichen.

Ezechiel starb noch in derselben Nacht eines natürlichen und friedlichen Todes. Sein Isidor aber, den er zu einem wirklich frommen Manne erzogen hatte, befolgte den Rat des Vaters, öffnete das Täschchen nie und wurde fünfundachtzig Jahre alt, die hier ausreichend beleuchtet sind. Das Täschchen erbte dann Isidors Ältester, der hieß Jonas, und für ihn war das Täschchen bereits ein beinahe sakraler Besitz, der im Rang dem eines Hausaltars im alten Rom gleichkam. Und wie ein Katholik die Glieder des Rosenkranzes zwischen den Fingern gleiten läßt, so strich Jonas Gebete murmelnd über das Leder und die Papiere. Zweimal im Jahr, zum Pessachfest und in der heiligen Nacht vor Jom Kippur, holte er seine männlichen Kinder (will sagen: die weiblichen nicht) und ließ auch sie über Leder und Papiere streichen, worunter das Leder nicht litt, die Papiere aber sehr wohl. Kein einziges Mal versuchte Jonas ernsthaft zu erkunden, was da genau notiert war, denn die Legende von Großvater Ezechiel besagte, daß manche Dinge nicht verstanden werden wollen, unverstanden aber von segnender Wirkung sein können. Und das mochte so sein. Nur ein Idiot würde das bestreiten.

Isidor und Jonas waren fähige Kaufleute, sie erreichten für ihre Familien einen bescheidenen Wohlstand, der eine, weil er sehr fleißig war, der andere, weil er sich auch noch gut verheiratete. Seinem Sohn Moses schenkte Jonas zur Bar-Mizwa einen Flügel. Soweit war es inzwischen gekommen mit den Perlmans, im Jahr 1840, als längst der russische Zar über Warschau herrschte und auf den Straßen mit Rubel und Kopeke bezahlt wurde. Und die Familie dankte dem Täschchen, indem nun auch die weiblichen Nachkommen das Leder berieben und die Papiere berührten. Das war der Fortschritt. Die Straßen Warschaus waren von Gaslampen erleuchtet, die junge Generation, die nicht nur Religions-, sondern auch anderen Unterricht bekam, sprach polnisch fast schon genauso gut wie jiddisch, und die besseren Familien konnten sich einen eigenen Schabbes-Goi leisten, einen Christen, der am Sabbat all die Dienste verrichtete, die einem gläubigen Juden verboten waren. Manche in der Gemeinde tadelten den Fortschritt als Verfall.

Die Perlmans waren nicht sehr fromm, gaben sich gemäßigt weltoffen, wußten aber Familientraditionen zu schätzen, solange die sich bewährt hatten.

»Wozu dient das Täschchen denn?« fragten die Kinder. Und ihre Eltern wußten darauf keine klare Antwort zu geben, wodurch das Objekt der Verehrung noch mysteriöser und verehrungswürdiger erschien.

»Es dient der Erinnerung an unsere Ahnen, die sich einst wünschten, daß sie in uns weiterleben«, meinte Jonas Perlman.

Als das jüngste der Mädchen einmal krank wurde und hohes Fieber bekam, legte man ihm das Täschchen kurz auf die Stirn – schaden konnte das ja nicht.

Und die Kleine wurde binnen einer Woche vollständig gesund. Das bewies auf jeden Fall, daß kein Schaden ausging, weder von dem Leder noch von den Papieren, die danach immer öfter und öfter berieben wurden.

Eines der Mädchen, nach ihrem Großvater Isidora benannt, erzählte, ohne böse Absicht wie überhaupt ohne jegliches Vorherdenken, dem Talmudlehrer ihres Bruders Moses davon. Und das war Mordechai Gershon.

IV

STRATEGIEN

Eines Tages fragte June, woran ich so intensiv arbeiten würde. Spontan erfand ich was. Und fragte zurück, wo sie gestern Nacht, als ich angerufen hatte, gewesen sei. Sie erfand auch etwas.

June ging fremd, und ich wußte es. Die Frauen haben anders Sex mit dir, wenn du momentan für sie nur der Zweitbeliebteste bist. Sie leisten den Sex wie eine lästige Pflicht ab, um sich nicht verdächtig zu machen, und jeder Mann mit ein wenig Feingefühl spürt den Unterschied. Ich rechnete damit, erneut verlassen zu werden, aber es ging weiter und weiter, sie konnte sich offenbar nicht entscheiden zwischen mir und dem anderen – der wohl, nahm ich an, dieser Carl war.

Meine Arbeit litt darunter. Ich konnte mich nicht konzentrieren, war frustriert. Aber es wäre ein grober Fehler gewesen, June zur Rede oder vor die Wahl zu stellen oder gar anzuflehen.

Frauen kommen zurück oder nicht, aber es ist beinahe unmöglich, sie zu beeinflussen. Versucht man es doch, fühlen sie sich bedrängt oder manipuliert. Versucht man es zuwenig, sind sie beleidigt. Man ist als betrogener Mann einfach nicht souverän genug, um das Richtige zu tun. Wenn einem an der Frau noch etwas liegt, dann gibt es nur eine erfolgverheißende Strategie. Erstens: zu tun, als hätte man nichts bemerkt, um die Frau nicht in Streß zu bringen, denn jeglichen Streß wird sie DIR ankreiden, nicht dem anderen. Zweitens: Man muß die Frau in erotischer Hinsicht in Ruhe lassen, darf nur mit ihr ins Bett gehen, wenn sie einen partout dazu auffordert. Und drittens: Man muß sie, sooft es geht, zum Lachen bringen. Sexuelle Reize sind vergänglich. Frauen bleiben am Ende bei dem, der sie zum Lachen bringt. Man muß sich ins Zeug legen wie damals, als man sie kennengelernt hat. Auch wenn es schwerfällt. Und mir fiel es sehr schwer. Ich bin kein grundkomischer Mensch. Mein Humor ist eher subtil. Und wenn die Eifersucht einen ständig von innen anfrißt, muß man schon Schauspieltalent und Selbstdisziplin haben für eine solche Maskerade.

Mit dem Neubau meiner Opern kam ich währenddessen nur im Schneckentempo voran. Es war ja nicht einfach so, daß ich etwas stahl und über den Acker auf mein Feld schleppte. Nein. Wer sich das so vorstellt, liegt komplett daneben. Hauptsächlich ging es darum, diese Melodien an den richtigen Stellen einzusetzen, herauszufinden, wie oft man sie mindestens oder höchstens verwenden durfte, dann galt es, die Orchestrierung zu finden, die sie am besten zur Geltung brachte, hier und da war ein kleiner Webfehler zu entdecken und auszumerzen und noch so ein paar andere Finessen.

June kam zweimal die Woche, log mir etwas vor, schob eine DVD ein, damit wir uns nicht allzuviel unterhalten mußten. Das waren im Grunde keine so schlechten Stunden. Es war immer noch besser, als wenn sie nicht dagewesen wäre. Es gab immer neue tolle Serien. Und ich konnte meinen Arm um sie legen und die Aromen ihres Parfüms schnuppern. Und manchmal bekam ich einen Kuß, und das war schön. Ich wollte sie sehr. Meine Wange lag auf ihrer Schulter, und ich hatte Mühe, trockenen Auges zu bleiben, während ich mir einen witzigen Spruch ausdachte. June mochte rabenschwarzen Humor und hatte es ganz gern, wenn man sich auf ihre Kosten lustig machte. Also immer so, daß klarblieb, ich mache mich nicht wirklich lustig über sie, ich überschreite eine gewisse Grenze nicht. Aber das war in jenen Wochen eine sehr gefährliche Angelegenheit, und ich blieb vielleicht zu vorsichtig. Sie lachte kaum noch über etwas. Und eines Abends kam sie vorbei, blaß, unfrisiert, und bevor ich ihr sagen konnte, wie scheiße sie aussah, begann sie zu flennen.

Ich nahm sie in den Arm, wir sanken in die Couch, und sie flüsterte, Carl sei tot.

Später erstaunte es mich, wie klar und kühl ich blieb. Es verging keine Sekunde, bis ich nachfragte: »Welcher Carl? Der Typ, der uns mal das Auto geliehen hat?«

Sie nickte. Ich war sehr gespannt, ob sie in den kommenden Minuten auspacken, eine Beichte ablegen würde. Fast hätte ich vergessen zu fragen, was denn passiert war.

»Was ist denn passiert?«

»Ich weiß es nicht. Er ist leblos aufgefunden worden im Park. Er soll obduziert werden, heißt es.«

»Du mochtest ihn wohl?«

Schrecklicher Satz, ich ohrfeigte mich von innen her. Meine Wortwahl kam ja fast der Aufforderung zu einem Geständnis gleich.

Sie nickte nur. Klar, sie dachte wahrscheinlich heftig darüber nach, was es bringen mochte, mir jetzt zu erzählen, daß sie ihn geliebt und gevögelt hatte. Wenn ihr noch etwas an mir lag, dann mußte sie schweigen und froh sein, daß noch jemand auf ihrer Reservebank saß. Andererseits war ihr anzusehen, wie sehr es hinter ihren Schläfen arbeitete und wühlte, wie gern sie sich ausgeheult hätte und wie gern sie bedauert worden wäre und wie toll sie es gefunden hätte, Trost und Vergebung zu erfahren. Ich hätte sie getröstet und hätte ihr vergeben, sie hätte sich besser gefühlt und wäre mir dankbar gewesen, und wir hätten einen tollen, tränenreichen Neustart gehabt und sehr viel Zukunft. Große Oper. Aber sie wagte es nicht, aus Angst, am Ende vielleicht leer dazustehen. Ich mußte mich fragen, ob ich sie nicht ein wenig anstupsen sollte, aber das war mir zu riskant. Ein bißchen Interesse heucheln mußte allerdings sein, vielleicht würde June noch aus der Deckung kommen.

»War er denn krank? Hat er Drogen genommen? Weißt du was Näheres?«

Sie schüttelte den Kopf. Mehr Fragen fielen mir zu Carl nicht ein. Also keine für den Moment passenden Fragen. Was sollten wir mit diesem Abend bloß anfangen? Ausgehen? DVDs gucken? Sollte ich Kerzen aus dem Schrank holen und Mozarts *Requiem* auflegen?

»Willst du dich ablenken, oder was kann ich für dich tun? Wir könnten was kochen zusammen.«

»Ich glaube«, flüsterte sie mit einer Stimme, die erschreckend leblos klang, »ich gehe lieber nach Hause.«

Was war denn das? Sie drängte mir die Frage, wie nahe sie Carl gestanden habe, ja geradezu auf. Ansonsten hätte ich teilnahmslos und stumpf gewirkt.

Es war in diesem Jahr das dritte Mal, daß der Sensenmann in meiner erweiterten Bekanntschaft gewütet hatte, auch wenn ich den toten Konzertbesucher in Hamburg nur posthum über seine Tochter kennenlernen durfte und meinem Nebenbuhler Carl nie begegnet war. Darüber begann ich zu sprechen, und mir fiel ein schönes Zitat von Leo Perutz ein, das lautete: »Wenn der Tod zu Markt geht, kauft er alles. Nichts ist ihm zu klein, nichts zu gering.« Zugegeben, das Zitat war schön, aber es paßte nicht auf die Situation.

June reagierte unverhältnismäßig zornig.

»Kein Mensch ist gering, was soll der Scheiß? Ich hab das Gefühl, daß dir Carl am Arsch vorbeigeht. Ich hab sogar das Gefühl, sein Tod ist dir eher ein wenig willkommen als nur einerlei. Weil du denkst, daß wir gefickt haben.«

Stille im Raum. Jetzt stand die Pforte zur Hölle offen, und wir mußten durch. Verdammt, dachte ich, June, du blöde Kuh! Ich setzte ein entgeistertes Gesicht auf.

»Wieso? Habt ihr?«

Sie schaffte es tatsächlich, ein noch entgeisterteres Gesicht aufzusetzen. »Nein, du Idiot, da war nichts! NICHTS!«

Okay. Damit konnten wir umgehen. Weitermachen.

»Hätte ich auch nicht von dir gedacht«, sagte ich.

»Du lügst doch!« sagte sie.

Das war nun wirklich hart an der Grenze des Erträglichen. Zwar hatte sie recht, aber meine Lüge lag im Randbereich des höflichen Wohlwollens. Ihre Lüge lag im innersten Kreis der Dreistigkeit.

Und es kam noch schlimmer. Schlimmer als vorher in der kühnsten Phantasie für möglich gehalten. June stand auf, sah mich mit einem fast irren Blick an und sprach einen Satz aus, der mich traf wie ein Axthieb.

»Sag mir, sag mir jetzt und sieh mir dabei in die Augen –«

»Was denn?«

»Daß du nichts damit zu tun hast.«

»Wie bitte?«

Der Gedanke war neu und originell. Auch erschütternd. Was sollte *ich* denn mit Carls Ableben zu tun haben? Wie konnte June ernsthaft so etwas auch nur in Erwägung ziehen, geschweige denn, daß sie mir völlig nüchtern (und auch noch ziemlich laut) eine solche Frage stellte? Mir fehlten die Worte. Da wir in meiner Wohnung waren, konnte ich nicht einfach aufstehen und gehen und die Tür zuknallen.

Ich stand auf, ging ins Schlafzimmer und machte die Tür leise zu. Nach etwa einer halben Stunde vergewisserte ich mich, daß June in der Zwischenzeit meine

Wohnung verlassen hatte. Wieder war an Arbeit nicht zu denken.

Spätnachts, in schwer alkoholisiertem Zustand, schrieb ich Mails an Sonja, ich weiß nicht mehr, was darin stand, ich will auch nicht nachsehen, und sie schrieb auch nie zurück.

V

MORDECHAI

Das Land Polen war während der Jahrhunderte so oft unter seinen Nachbarn aufgeteilt worden und wieder neu erstanden, daß sich die Perlmans elf Jahre lang, von 1796 bis 1807, sogar in preußische Untertanen verwandelt sahen. In der größten Synagoge der Stadt, erbaut 1802, fand der Gottesdienst in deutscher Sprache statt, seitdem viele deutsche Juden eingewandert waren, wobei sie zwischen 1796 und 1807 eigentlich nur *übersiedelten,* aus den alten deutschen Städten in die neue deutsche Metropole Warschau. Danach erst, als die Stadt wieder polnisch wurde, weil Polen plötzlich wieder existierte, *emigrierten* sie dorthin.

Die Perlmans hatten während jenes Interims kurz überlegt, die Situation zu nutzen und den umgekehrten Weg zu gehen, also vom schmutzigen und engen Warschau ins weitläufige und tolerante Berlin umzuziehen. Aber die Kinder waren an die hiesigen Verhältnisse gewöhnt und mochten nicht weg, sie quengelten wegen der ewig besten Freunde, die sie verlieren würden, man kennt das.

Natürlich waren die Perlmans nie Italiener, Preußen, Polen oder Russen gewesen. Immer hatten sie sich zuallererst als Juden definiert, die Jiddisch sprachen und erst in den letzten Generationen auch Polnisch gelernt hatten, was oft über die Töchter geschah. Denn selbst viele der frommen Chassidim, die für ihre Söhne auf einer streng orthodoxen Erziehung im *Cheder* bestanden, hatten nichts dagegen, ihre Töchter auf eine der öffentlichen Schulen zu schicken, wo Weltliches auf polnisch unterrichtet wurde. So erhielten die jüdischen Mädchen Zugang zur Bildung und lernten lesen. Für Autoren von gefühligen Liebesromanen, die man in Nähkästchen verstecken konnte, begann eine fette Zeit.

Die meisten der wohlhabenderen jüdischen Familien Warschaus zog es zum polnischen Bürgertum. Das leider in der Mehrheit schwer antisemitisch eingestellt war, weswegen es auf den Straßen immer wieder zu Pöbeleien und Übergriffen, gelegentlich auch Pogromen kam. Viele Juden begeisterten sich für die neu entstandene Bewegung der *Haskalah* (Aufklärung), die die Assimilation predigte, also paßten sie sich in Kleidung, Barttracht, Frisur und Gehabe den Christen an, andere traten gleich zum christlichen Glauben über und gaben ihren Kindern dementsprechende Vornamen. Das war sicher der bequemste Weg, künftigen Verfolgungen zu entgehen. Diejenigen, die ihn nicht einschlugen, waren logischerweise meist jene des aufrichtigen und frommen Glaubens, die sich untereinander weiterhin an Bärten, Samtkappen und Schläfenlocken erkennen und die Traditionen nicht verraten wollten. Sie bildeten eine stark religiös geprägte Gemeinschaft, die in ihrem eigenen Viertel bleiben und nach eigenen Gesetzen leben wollte. Streitfälle, abgesehen natürlich von

Kapitalverbrechen, entschied nicht etwa die polnische Justiz, sondern der Rabbi in seinem Wohnzimmer.

Wenn der Alltag und der gesellschaftliche Austausch zu einem bedeutenden Teil aus Aufenthalten in der Synagoge besteht, ist ein tadelloser Leumund für jede Familie von Bedeutung.

Der Vorwurf des Talmudgelehrten Mordechai Gershon, die Perlmans würden Häresie und schwarze Magie betreiben, indem sie in nächtlichen Ritualen ein womöglich schweinsledernes Täschlein dubioser Herkunft verehrten, traf die Familie hart. Ihr Hinweis auf den Ahnen Ezechiel, der ja tiefgläubiger *Zaddik*, der ein Wegbereiter des neuen Chassidismus gewesen war, galt nicht viel, denn was nutzt dem Verbrecher die Reputation entfernter Vorfahren? Gerade unter den führenden Gelehrten in Warschau gab es enorm divergierende Positionen, daraus resultierten lokale Zwiste und Glaubenskriege, die dem jeweiligen Kontrahenten eine Abkehr vom wahren Glauben unterstellten. Von diesem Punkt aus war es wiederum nicht weit, und die vermeintlich Abfälligen wurden abfällig behandelt und bisweilen sogar Abfall genannt.

In religiösen Angelegenheiten reagieren viele Glaubensfacetten untereinander kleinlich, während sie die großen Konkurrenzreligionen eher ignorieren und also viel taktvoller behandeln als die eigenen Leute. Im Falle des Gelehrten Gershon kam zusätzlich noch ein viel banaleres Motiv zum Tragen. Denn Isidora war mit ihren fünfzehn Jahren bereits ein sehr hübsches Mädchen, das in der Synagoge von etlichen Männern verhohlen, doch deshalb nicht weniger gierig betrachtet wurde. Mordechai war doppelt so alt, doch seine Liebe zu Isidora grenzte an eine Obsession, und er benutzte den erstbesten Vorwand, um in die Sphäre der Familie Perlman einzudringen, so wie er später in das Mädchen Isidora eindringen wollte.

All das war ihm tatsächlich nur halb bewußt, wenn man zu seinen Gunsten mildernde Umstände ins Feld führen will. Nicht geringe Rollen spielten auch seine Neugier und die leidige Sucht beinahe aller Menschen, sich wichtig zu machen.

Um eine verwickelte Geschichte auf den Punkt zu bringen: Mordechai erpreßte die Familie Perlman mit der Drohung, sie gesellschaftlich in Verruf zu bringen. Er verlangte Einsicht in die verdächtigen Papiere, und als ihm dies prompt gewährt wurde und er partout nichts Verdächtiges an den Papieren finden konnte, nannte er sie schwer durchschaubar und in hohem Maße verdächtig und hielt um die Hand von Isidora an. Jonas Perlman reagierte verdutzt und verstand nicht recht, was vorging. Er fragte Isidora am Abend, als er endlich verstanden hatte, was vorging, ob sie sich Mordechai als Ehemann vorstellen könne. Isidora faßte die Frage dahingehend auf, ob sie sich für die Familie zu opfern bereit sei. Sie war es, denn sie befand sich zufällig in einer heroischen Phase, weil sie heimlich einige Ritterromane aus dem Besitz ihres Bruders Moses gelesen hatte. Mordechai war immerhin nicht häßlich und von hohem Rang in der Gemeinde. Isidora schien wie elektrisiert vom Gedanken, daß binnen ganz kurzer Zeit ihre Jugend beendet und sie selbst de facto eine Frau sein könnte, keinerlei weiterer Reglementierung durch Erziehung und Verbote ausgesetzt. Und sie könnte sogar, wenn der Allmächtige es wollte, binnen eines Jahres Mutter sein. Und zuvor das weiße Atlaskleid tragen.

Jonas und Mordechai wurden sich einig und zerrissen gemeinsam den Strohhalm.

So kam es zur Hochzeit, und der Gelehrte Gershon gelangte gleichermaßen in den Besitz Isidoras wie des Täschchens. Weil die zu oft beriebenen Papiere zu zerbröseln drohten, fertigte er eine Abschrift an. In der Nacht der Hochzeit hatte ihm sein Schwiegervater Jonas Perlman offenbart, was sein Großvater seinem Vater offenbart hatte. Und das war im Grunde nicht viel. Mordechai konnte damit noch weniger anfangen als seine Vorbesitzer. Das Täschchen verlor schnell an Bedeutung. Mordechai hatte andere Dinge im Kopf. Weil er sich manchmal dessen schämte, die Familie der Perlmans so ungerechtfertigt, wenn auch keineswegs grundlos (denn welch besseren Grund als die Liebe konnte es geben?), unter Druck gesetzt zu haben, behandelte er seine junge Braut sehr fürsorglich und respektvoll. Er schrieb ihr sogar gewagte Gedichte, die Isidoras Geist, ihre Anmut und jeden Zentimeter ihres Körpers priesen. Vom seidenschimmernden, zartroten und sonnenaufgangsfarbenen Haar, das von der Perücke, die sie als fromme jüdische Frau nun tragen mußte, kaum in seinem Glanz gebändigt werden konnte, hinab zu den

Brüsten, zwei knospenden Zwillingsoasen für den Wüstenwanderer, hinab zu den Schenkeln, jenen grazilen, milchig-fleischigen Säulen ohne Makel, dazwischen die lebensspendende Rose, auf der ein im Licht glitzernder Tautropfen blüht, bis hinunter zu den Kleinodien ihrer perlmuttenen Zehennägel. Es waren Gelegenheitsgedichte im besten Sinne des Wortes, verfaßt von Inbrunst mehr als von Ehrgeiz, aber das spielte nun wahrlich keine Rolle.

Wider manche Erwartung wurde Mordechais Ehe mit Isidora außerordentlich glücklich, abgesehen vom viel zu frühen Ende. Die Liebe kennt, sagt man, weder Raum noch Zeit. Lernt sie die Macht der Zeit im Lauf der Jahre doch kennen, handelt es sich dabei meist um keine freundliche Bekanntschaft. Isidora blieb von sämtlichen Auswüchsen der Zeit verschont. Sie gebar ihrem Gatten drei gesunde Kinder und starb mit dem vierten im Leib. Eines der Kinder, das zweitälteste, Ephraim, wurde Musiker.

VI

TAKTGEFÜHL

Es dauerte noch sechs Tage, in denen June übrigens nichts von sich hören ließ, kein verfluchtes Sterbenswörtchen, bis zum zweiten Mal innerhalb weniger Wochen dieser leicht verwahrloste Kommissar Nabel bei mir vorbeikam. Und er wirkte nicht arg amüsiert. Die Obduktion des Studenten Carl N. hatte ergeben, daß er keiner natürlichen Todesursache erlegen sei.

»Er starb an einer Lungenquetschung. An einem eingedrückten Brustkorb. Aha, dachte ich. Komisch, hatte ich so was nicht neulich schon mal? Wir machen eine Liste mit Freunden und Bekannten des Toten. Er hatte nicht viele Freunde, war ja noch nicht lange aus den USA hier. Aber ein paar Leute erwähnen, sie hätten ihn mit einer gewissen June turteln sehen, einer Kommilitonin. Und diese June sagt aus, sie sei nicht *seine* Freundin gewesen, sondern *Ihre*.«

»Entschuldigung, aber das ist wichtig. Hat sie das genau so gesagt? Sie sei meine Freundin *gewesen*? Wirklich Vergangenheitsform?«

Nabel sah mich einigermaßen verstört an. »Hallo? Haben Sie mich verstanden? Haben Sie kapiert, was ich sagte?«

»Ja, hab ich. Aber, ähem – ich kannte diesen Carl nicht, ich habe ihn nie gesehen, ich glaube nicht, daß June was Reelles mit ihm hatte, und deshalb besaß ich auch nicht den geringsten Grund, ihm die Luft abzuklemmen oder ihm den Brustkorb einzudrücken, ich weiß gar nicht, wie man so etwas macht.«

Nabel nickte, kaute auf seiner unangezündeten Zigarette herum und schnaubte leise. Ja, in dieser Sache sei vieles eigenartig. So etwas passiere, wenn man auf dem Rücken liegend von einem Lastwagen überfahren werde, aber ein Lastwagen hinterlasse freilich Reifenspuren.

Unvermittelt grinste der Kommissar. »Sie waren nicht eifersüchtig, sagen Sie? Sondern ahnungslos?«

»Warum benutzen Sie das Wort ›ahnungslos‹?«

»Na schön, ich habe eine gute Nachricht für Sie. Ihre Freundin June hat laut eigener Aussage nicht mit Carl geschlafen.«

»Ha, sehen Sie!«

»Aber das muß ja nicht stimmen, habe ich zuerst gedacht. Bis sie aus freien Stücken zugab, ihm zweimal einen geblasen zu haben. Es gab keinen Grund, das zuzugeben, also geh ich davon aus, daß sie die Wahrheit sagt.«

»Dieses Detail hätten Sie mir ruhig verschweigen können.«

»Darüber läßt sich streiten. Wie auch immer: Es ist mit diesem Studenten dasselbe wie mit diesem Dramaturgen: Sie, Herr Brandt, haben ein Motiv, aber ein zu kleines, fast putziges. Und wir haben am Tatort keine

Spur gefunden, die sich Ihnen zuordnen ließe, sonst säßen Sie längst in U-Haft.«

»Herr Kommissar, Sie sind, finde ich, ein Muster an Taktgefühl und fassen das alles ganz wunderbar zusammen. Ich rekapituliere, daß meine Person, wenn ich richtig verstanden habe, die einzige Verbindung ist zwischen zwei Toten, die auf unübliche Art ums Leben gekommen sind. Das tut mir wahnsinnig und aufrichtig leid. Es betrübt mich sogar. Aber mehr fällt mir dazu momentan auch nicht ein.«

Nabel notierte sich ein paar Dinge und fragte mich nach einem Alibi, das ich wiederum nicht liefern konnte, weil ich um Mitternacht, der ungefähren Tatzeit, alleine am Schreibtisch gesessen und getrunken hatte.

»Wieviel trinken Sie denn?«

»Wieso? Wie kommen Sie auf Trinken?«

»Sie sagten eben, Sie hätten am Schreibtisch gesessen und getrunken.«

»Nein, Herr Kommissar, ich sagte, ich habe am Schreibtisch gesessen und *gearbeitet*.«

Nabel musterte mich von oben bis unten.

»Sind Sie Gewohnheitstrinker?«

»Ich trinke gewöhnlich wenig. Manchmal, aus akutem Anlaß, ein wenig mehr. Alles in überschaubarem Rahmen.«

»Was wäre denn so ein akuter Anlaß?«

»Zum Beispiel ... wenn bei Ihnen ein Intendant anruft, Sie sollen ins nächste Flugzeug steigen und sofort ans andere Ende der Republik kommen, in sein Opernhaus. Sie wohnen zwei Tage im Hilton und dürfen sich zwei Vorstellungen ansehen, auf den besten Plätzen, und schließlich erhalten Sie eine Intendanz, eine Audienz, meine ich, eine Audienz beim Intendanten. Sie werden in sein Zimmer gebeten, er schwebt auf Sie zu, wie eine Erscheinung, er gibt Ihnen die Hand und sagt mit breiter, feierlicher Stimme: ›Mein lieber Brandt – wir machen Ihre Oper! Das wird ein Ereignis! Ich habe nur noch ein kleines innerbetriebliches Problem zu lösen mit einem renitenten Verwaltungsdirektor. Deshalb bitte ich Sie um etwas Geduld. Es kann bis zum Frühjahr dauern, bis Sie Ihren Vertrag erhalten. Haben Sie Geduld. Geduld und Vertrauen.‹ Und seine Heiligkeit winkt in Richtung Tür, und ich begreife, die Audienz ist beendet, und ich küsse im Geiste seine Hand und taumle hinaus, krank vor Glück, wirklich wahr, ich mußte mich in die Notaufnahme schleppen, weil ich beinahe zusammenbrach vor Glück. Dort stellte man aber nur ein wenig Kaliummangel fest …«

»Kommen Sie mal zum Punkt!«

»Ach so, der Punkt: Gestern trank ich auf den dritten Jahrestag jener Audienz in Bottrop. Seither habe ich nie wieder etwas von diesem Herrn gehört. Ich hab ihn immer mal wieder nett gefragt. Schweigen. Eisernes Schweigen, nein *bleiernes* Schweigen, das ist noch giftiger. Wenn ich jemanden umbringen würde, dann eher diesen Intendanten. Aber er lebt noch.«

Nabel gab mir beim Abschied die Hand. Ich glaube, er mochte mich aus irgendeinem Grund.

VII

DER PIANIST

Ephraim Gershon, geboren 1851, verlor seine Mutter Isidora, als er sieben Jahre alt war. Seine ältere Schwester hieß Abigail, seine jüngere Adaja. Ihr aller Vater Mordechai verwand den Tod seiner Frau niemals, was sehr viel länger klingt, als er tatsächlich benötigte, um sich unter die Erde zu trinken. Keine fünf Jahre genügten, er gab sich wirklich große Mühe. Im Grunde war es eine Form von Selbstmord, die sich mit seinem Glauben vereinbaren ließ und vor der Welt vertuscht werden konnte.

Moses Perlman war inzwischen dreiunddreißig Jahre alt und hatte geheiratet, seine Ehe mit Ethel Lehrer war aber kinderlos geblieben, weshalb die beiden sich Abigails, Adajas und Ephraims sehr gerne annahmen.

Für Ephraim bedeutete dies einen wichtigen biographischen Einschnitt. Vom zwölften Lebensjahr an wohnte er nun in der siebenzimmrigen, beinahe schon großbürgerlichen Wohnung der Perlmans und hatte täglichen Zugang zum und Umgang mit dem Flügel seines Onkels. Moses Perlman war, zwei Jahrzehnte zuvor, ein zwar williger Klavierschüler gewesen, doch weder talentiert noch fleißig. Ephraim dagegen besaß Talent und mehr als Fleiß. Man nennt es Hingabe oder – wenn man partout einen negativen Aspekt unterstreichen will – Besessenheit. Er hatte das Zeug, einer der großen Pianisten Polens oder gar Europas zu werden, er übte zehn Jahre lang, bis er es zur Meisterschaft gebracht und mehrere Konzerte gegeben hatte. Und die Bedingungen, unter denen er seiner Vervollkommnung entgegenstrebte, waren hervorragend. Unter dem liebevollen Patronat von Moses Perlman, der als Kaufmann sein Vermögen an den Börsen mit einem billig erworbenen und teuer wieder abgestoßenen Großpaket an Suezkanal-Aktien vervielfacht hatte, wandelte sich die einstmals chassidisch-orthodoxe Familie endgültig zu einer liberalen, weltoffenen. Nachdem seine Väter und Vorväter ihre jeweiligen Gattinnen meist »Duda!« gerufen hatten, nannte Moses, anders als bei Chassidim üblich, seine Frau Ethel beim Vornamen, und Ephraim war es vom Ziehvater anheimgestellt, ob er einen Bart tragen wolle oder nicht. Er entschied sich für die Rasur, dadurch kam sein ansehnliches Aussehen bei den Damen zu noch mehr Geltung. Zwar besuchte die Familie regelmäßig die Synagoge, aber insgeheim dachte Moses über die Konversion zum Katholizismus nach, spätestens seit sein Vater Jonas dement war. Die gute alte Tradition, beim Pessachfest und in der Nacht vor Jom Kippur das Täschchen hervorzuholen und des Ahnen Ezechiel zu gedenken, war in Vergessenheit geraten, seit Mordechai die in seinen Augen dubiose Reliquie an sich genommen und in einer Schublade seines Schreibtisches abgelegt hatte. Nach Abschluß seines fünf Jahre dauernden Cognac-Exzesses, der zum Leberriß führte, verschwand das Ledertäschchen in irgendeiner Kiste seines Nachlasses, im Konvolut von Hunderten religiöser Schriften, die man nicht mehr brauchte, aber auch nicht wegwerfen wollte. Jonas Perlman wäre die Existenz des Täschchens noch am ehesten am Herzen gelegen, in seinen letzten Lebensjahren erkannte er nur leider niemanden mehr und nannte jedes Ding, ob Tisch, Bett oder Brot, einfach nur »blb«.

Der junge Ephraim Gershon gab zwischen 1871 und 1873 insgesamt fünf Konzerte, mit Kompositionen von Chopin, Liszt, Beethoven, Schubert und einmal sogar Wagner, dessen Musik ihn begeisterte. Zwar war ihm vom Hörensagen bekannt, daß Wagner eine antisemitische Schrift, eine echte Haßtirade gegen das Judentum in der Musik verfaßt haben sollte, aber so ein Zeug müsse man, fand Ephraim, nicht lesen. Außerdem war Chopin ein viel schlimmerer Judenfeind gewesen, an dem man als in Polen tätiger Pianist ja auch nicht vorbeikam.

VIII

ANFANG OKTOBER

kam June überraschend zurück. Trat ein, warf ihre Handtasche aufs Sofa und gab mir en passant einen Kuß. Nicht, daß sie sich bei mir für dieses oder jenes entschuldigt hätte, nein, das nicht, aber indem sie so tat, als sei weder von meiner noch von ihrer Seite etwas Verurteilenswertes vorgefallen, gab sie praktisch zu, mich übereilt verdächtigt zu haben. Und was das andere betraf, ihre mündlichen Herangehensweisen an Carls Wonneproppen, das wurde nicht thematisiert und war somit ein für allemal vom Tisch gewischt. Ich ging auf Junes wortlos gestellte Bedingungen großmütig ein. Oder war es viel eher *kleinmütig*?

Egal, Hauptsache, sie war wieder da. Und auch etwas anderes war wieder da. Jemand hatte tatsächlich, wie von mir befürchtet, einen Audiomitschnitt von *Alles ist gut* bei YouTube hochgeladen. Ohne mich zu fragen und natürlich anonym. Meine Wut legte sich bald. Die User-Kommentare, die nach und nach hereintröpfelten, waren zumeist freundlich bis gleichgültig, und niemand klagte über physische Probleme. Es schien, als wäre meine Musik, als Konserve konsumiert, zumal in zweitklassiger Tonqualität, nicht weiter gefährlich. Und irgendwie ist doch jeder Künstler froh, wenn etwas, das ihn mit Stolz erfüllt, einen Weg zur Welt findet.

Wenn man mal an einem Nachmittag nichts zu tun hat und einen Besuch in der Staatsbibliothek macht, kann man in den gebundenen Jahrgängen alter Musikzeitschriften aus dem 19. oder gar 18. Jahrhundert lesen. Man kann viel Freude und Erstaunen daraus gewinnen, verfolgt man die Spekulationen darüber, was kommen und was bleiben wird. Und kann sich lustig machen darüber, wieviele Menschen ihre Lebensenergie damit vergeudet haben, Theorien der Tongeschlechter aufzustellen, eine Art von komplexem harmonischem Regelwerk, das innerhalb einer Melodie mit Begleitung klar definiert, welche Akkordbezüge, welche Intervalle RICHTIG seien und welche NICHT. Das waren oft Arbeiten von vielen tausend Seiten, die irgend etwas beweisen, die irgend etwas festlegen wollten. Und ich glaube, diese Menschen haben es irgendwie gut gemeint, wollten anderen Menschen einen Leitfaden mitgeben, beziehungsweise sollten die Regeln dazu dienen, ein für allemal korrekte Musik von falscher zu unterscheiden. Und es gab andere Menschen, die das druckten, weil sie es für wichtig hielten. Und es gab Menschen, die es lasen, weil sie es für wichtig hielten. Und es gab die armen Schweine, die das glaubten, was sie lasen, und auswendig lernten und so für immer dazu verdammt waren, beschränkte Musik zu machen. Und im Grunde hat sich bis heute nicht viel geändert. Die Leute suchen Beschäftigung und Bedeutung. Manche sind gut, manche sind akribisch, andere sind einfach nur. Man sieht bedauernd herab auf den Punk, der auf dem Gehsteig sein Leben vertrinkt, aber vielleicht ist er weise, und wir, die auf ihn herabsehen, sind die Dummen, die Verstiegenen. Nein. So ist das nicht. Der Punk auf dem Gehsteig mit seiner Flasche Billigbier und der miesen Musik im Recorder wird nie in den Genuß einer guten Oper kommen, und das ist der einzige, der EINZIGE Grund, warum man auf den Punk mit Bedauern hinabsehen darf.

Es gibt übrigens ziemlich gute Punkmusik. Musik kann furchtbar simpel und dennoch groß sein. Mit einem achtzigköpfigen Orchester hat man allerdings ein paar mehr Möglichkeiten als mit Gitarre, Baß und Schlagzeug. Man muß mehr darüber nachdenken, was man wo und wann und wie oft benutzt. Man kann sich schnell verlieren in Details, die einzeln für sich genommen so wichtig gar nicht sind, in der Summe aber schon.

Jetzt fällt mir wieder ein, was ich sagen wollte, nämlich worin die nicht zu unterschätzende Lebensleistung jener oben erwähnter Klangtheoretiker und anderer Regelwerkersteller liegt. Wenn man eines Nachmittags in der Staatsbibliothek in ihren hinterlassenen Schriften blättert, beginnt man irgendwann, zu lachen und sich zu gruseln zugleich, und man verläßt den Lesesaal, fährt nach Hause und macht etwas Kreatives, nutzt die Zeit und vertändelt sie nicht.

Langsam kam ich zurück in die Spur, nahm die Arbeit wieder auf und trank mich nicht jede Nacht ins Schwarze. Was die Beziehung zu June betraf – nein, die konnte nicht mehr romantisch genannt werden, und es fragt sich, ob sie das überhaupt irgendwann gewesen war. Jedenfalls war nie von Liebe die Rede, wir schmiedeten auch keine Pläne für die Zukunft. Ich nahm an, daß June irgendwann in die USA zurückkehren würde, und sie nahm wohl an, daß ich zu sehr an Europa hing, um ihr dorthin zu folgen. Von daher bekam alles etwas Pragmatisches, Lebensabschnittsartiges. Ohne Verpflichtungen. Eine offene Beziehung, ohne Regelwerk. Bei hervorragendem Sex. Wie man mit einer langfristig engagierten Nutte leben würde. Der Unterschied war an kaum etwas festzumachen. Wenn ich jetzt darüber nachdenke.

IX

DER BLUMENSTRAUSS

Am 4. Oktober 1873 war Ephraim Gershon zum Mirowska-Markt unterwegs, um für seine Braut Esther, die Tochter eines Warenhausbesitzers, einen riesigen Blumenstrauß zu kaufen. Weil er ungeeignete Schuhe mit profilfreien Sohlen trug, rutschte er auf einem Laubhäufchen aus und geriet mit der rechten Hand unter ein Pferdefuhrwerk. Hierbei wurden drei seiner Finger (der kleine, der Ring- und der Mittelfinger) zerschmettert. Auch im Handteller kam es zu etlichen Frakturen und Schnitten. Die betroffenen Finger blieben steif, trotz dreier Operationen in fünf Jahren, trotz beinahe übermenschlicher Anstrengungen und Exerzitien. Bedeutende Klavierkonzerte für die linke Hand waren noch nicht geschrieben.

Beinahe wäre auch seine Heirat mit Esther gescheitert, da die junge Dame sein Klavierspiel mehr als alles sonst an ihm geliebt hatte. Im Konzertsaal hatten sie sich ja auch kennengelernt, bei der Probe. Sie war die Tochter des Mäzens, und Ephraim hatte extra für sie am Flügel eindrucksvoll virtuose Werke mit langen Läufen und Glissandi und heftigen Akkordentladungen mit viel Pedal gespielt, und Esther, während sie betont beiläufig den Ellbogen auf dem Holz abstützte, drückte ihren Unterleib seitlich gegen das Instrument, um die verstärkten Schwingungen der behämmerten Saiten auch mit dem Körper zu spüren.

Sie nahm den Krüppel letztlich zum Mann, um vor der Warschauer Gesellschaft nicht als hartherzig und oberflächlich zu gelten, besonders nicht vor ihren Freundinnen, die Ephraim alle schätzen gelernt hatten und ihn vielleicht trotz seiner Verstümmelung genommen hätten. Zur Strafe für sein Mißgeschick machte Esther ihrem Mann die gemeinsame Ehe zur Hölle. Gerade eine einzige Nacht ließ sie ihn gewähren, danach, unter dem Vorwand, er verursache unerträgliche Geräusche, bestand sie auf getrennten Schlafzimmern. Das Geschlechtliche, wenigstens wenn es in Form eines männlichen Organs daherkam, spielte in Esthers Denken keine besonders verführerische Rolle, sie wollte auch kein Kind von Ephraim. Ihr Hintergedanke lautete: Vielleicht beging er ja, trübsinnig genug war er oft, binnen weniger Monate Selbstmord – dann konnte sie einen anderen Mann heiraten und mit dem ein Kind haben. Immer wenn das Krüppelchen, wie sie Ephraim anfangs scherzhaft, dann bewußt grausam nannte, in ihre Sphäre einfallen wollte, schob sie erst Unpäßlichkeit vor, dann Migräne, zuletzt schlug sie ihm einfach ein dikkes Buch auf den Kopf, bis er von ihr abließ. Spätestens wenn sie ihrem angeheirateten Krüppelchen ein unterentwickeltes Knüppelchen hinzureimte (im Polnischen klingt das kohärenter), konnte sie jede seiner

Erektionen zum Einsturz bringen. Sie schlug ihn, wie sie zu ihrer eigenen Überraschung feststellte, sehr gerne, und deshalb immer öfter und härter. Es machte ihr großen Spaß, und nie stieß sie auf nennenswerten Widerstand.

Ephraim war von Natur aus ein sanftmütiger Mensch. Doch Duldsamkeit gegenüber den Pfeilen des Schicksals konnte gerade ihm nun so gar nicht nachgesagt werden.

Zwar gab er sich selbst die Schuld an seinem Karriereende, eine Teilschuld gab er aber auch dem Blumenstrauß. Und der war eben für Esther bestimmt gewesen. Und wie es so ist im Labyrinth eines enttäuschten Denkens, entstand eine lange Rechnung. Mit dem Ergebnis, daß alles anders verlaufen wäre, hätte er, der Künstler, sich allein der Kunst hingegeben, statt zur Unzeit eine Frau da mit hineinzuziehen. Das hatte sich als großer Fehler entpuppt, war zuviel auf einmal gewollt gewesen. Esthers Schönheit hatte ihn verführt. Ephraim verglich sich mit dem trojanischen Paris, der vor drei weiblichen Gottheiten gestanden und den Siegesapfel nicht der mächtigen, nicht der weisen, sondern der hübschen Gottheit überreicht hatte. Wie irgendein triebgesteuerter Trottel.

Esther war eine Falle gewesen. Wenn Ephraim dies ihr gegenüber auch nie direkt als Vorwurf formulierte, so erwartete er doch seitens seiner Gattin eine gewisse Wiedergutmachung. Ihre Schönheit bot nur einen schwächlichen Trost für das, was ihm verlorengegangen war, aber etwas anderes von Wert besaß sie nicht, denn ihren Charme, den hatte Esther schlicht verloren, von einem Tag auf den anderen, wie eine Kupfermünze auf der Straße.

Ephraim gierte nach der Schönheit seiner Frau. Ihre Schönheit sollte die Häßlichkeit seiner zerquetschten Finger vergessen machen. Natürlich war das ein ganz äußerliches Trieb- und Kompensationsmanöver, oberflächlich und unreif; viel eher hätte er ihrer Liebe bedurft, mehr als sonst irgend etwas, aber er wollte auch nichts Unmögliches von ihr verlangen. Denn er selbst liebte Esther ja kaum noch. Was er mal für Liebe gehalten hatte, war reine Begierde gewesen. Er wollte in ihr Bett, er wollte sie ausziehen und ihre Nacktheit mit großen Kerzen beleuchten. Wollte ihre Haut vielleicht sogar einmal bei Tageslicht betrachten. Wie dieser kühne Traum zu bewerkstelligen wäre, darüber hatte er schon sehr viel nachgedacht.

Umso härter traf es ihn, daß er von Esther nur Gleichgültigkeit und Widerstand erfuhr. Und weil er sich darüber zu beschweren wagte, schlug ihre Gleichgültigkeit in Haß um. Heftigen Szenen folgten noch heftigere Szenen, bis beide Parteien müde waren und schließlich das Haus in zwei Zonen aufteilten. Nach jüdischem Recht wäre eine Scheidung ohne Probleme möglich gewesen. Seltsamerweise äußerten weder Esther noch Ephraim je einen Wunsch nach Trennung, so als würden sie beide dem anderen kein Entkommen gönnen.

Ein- bis zweimal im Jahr kam es zwischen den Eheleuten zu einer Art Beischlaf, der von unabhängigen

Beobachtern als eine Art Ringkampf mit anschließender Vergewaltigung beschrieben worden wäre. Nach fünfzehn Jahren wurde Esther überraschend schwanger, und als der Arzt die Schwangerschaft bestätigte, wurde Ephraim Gershon von einem Hausmädchen dabei ertappt, wie er breit übers ganze Gesicht hin grinste. Ephraim grinste sonst nie, er war inzwischen zu einem völlig anderen Menschen geworden. Er haßte sein Leben, wobei er als Kaufmann, als Nachfolger seines Vaters, durchaus Erfolge feierte, die ihm nur leider nichts bedeuteten.

Um sich geistig mit all dem zu arrangieren, was man auf Erden so verpaßt zu haben glaubt, greift der Mensch gern zu jenseitigen Aussichten. Wiewohl diese Welt von Erbärmlichkeiten und Albernheiten strotzt, wird kaum ein Schicksal als einfach nur albern und erbärmlich hingenommen. Das Leben ist sehr wahrscheinlich ein Zwischenhalt auf der Reise vom Nichts ins Nichts, man tankt dort Bedeutung auf, die später wieder abgelassen wird. Mit einer anderen Frau an seiner Seite hätte Ephraim Gershon womöglich irgendwann wieder zurück zu so etwas wie einer gemäßigten Lebensfreude gefunden.

Statt dessen hatte er, der einstige Agnostiker, sich der Religion zugewandt, wenn auch auf eine virtuelle Art, die keinem innigen, aus dem Herzen kommenden Glauben entsprang, mehr einer Kopfgeburt.

Vom Dachboden ließ er sich den Nachlaß des Mordechai kommen und fand ein wenig Trost in der Lektüre der gelehrten Schriften, dem Buch Rasiel, dem

Buch Sohar. Oder dem Buch der Schöpfung. Oder dem Kusari, dem Wegweiser für die Verwirrten. Oder den kabbalistischen Kommentaren. Denn die meisten dieser Werke waren so komplex und spitzfindig, so phantasievoll und grotesk, so verwinkelt und poetisch auf ihre ganz eigene Art, daß man in ihnen schnell den Bezug zur Realität verlor, sie waren eine Welt für sich, eine Betäubung, ein Irrgarten der sonderbaren Gedanken.

Es blieb ihm gar nicht viel anderes übrig, als mit Hilfe eines höheren Wesens seine Existenz neu zu deuten. Unzählige Male hatte er die groteske Szene geträumt, wieder und wieder, sein Fall, die scheppernden messerscharfen Radkufen auf dem Pflaster, auf dem Gehsteig ein kleiner Junge, der hell lachte, dann heulte, als er das Blut sah. Und der Blumenstrauß auf der Straße, während es gefallene Blätter vorbeiwehte – und er – nicht mehr als ein gefallenes Blatt. Das Lachen des Jungen. Das Blut.

Sein einmaliges Ausgleiten aufgrund zu glatter Schuhe, die in den Konzertsaal gehörten, nicht auf eine glitschige Herbststraße, wurde von Ephraim als Strafe Gottes interpretiert. Doch welche Sünde wäre so schlimm gewesen, eine solche Strafe zu rechtfertigen? Einmal hatte er das Bordell besucht. Einmal die ältere Schwester heimlich beobachtet. Einmal einen Apfel aus der Vorratskammer entwendet. Einmal einen Kiesel nach einer Katze geworfen und nicht getroffen. Er hatte an Heirat gedacht, noch bevor er zu Ruhm gekommen war. Vielleicht konnte es das gewesen sein. Nein. Er hielt sich für einen guten Menschen und verlor die Lust, so weiterzuleben. Als guter Mensch. Ephraim Gershon suchte die Nähe zu Gott, aber im Grunde nur, um ihm dereinst einmal ins Gesicht zu sagen, was er von ihm hielt. Ephraims Weg war nicht in Liebe gehüllt und sein Ende konsequent. Als Esther schwanger wurde, gab es eine neue mögliche Bedeutung für sein Leben, denn ein Kind ist ein Füllhorn von Möglichkeiten. Selbst wenn sich das Leben der meisten Erwachsenen als sinnlos erweist, so kann man dies von einem Kind noch nicht mit letzter Sicherheit behaupten.

Mit Mordechais Kladden und Folianten öffnete Ephraim irgendwann auch das Ledertäschchen und besah sich die seltsamen Melodien, die wohl sein Ururgroßvater – so ging die Sage – ersonnen haben mochte. Ephraim, der ausgebildete Musiker, lächelte darüber, wie naiv und schlecht und unbeholfen diese Noten waren, und er weinte darüber, welchen Aufwand die Menschen, selbst die kleinsten und unscheinbarsten, betreiben, um etwas, nur weil es von ihnen selbst stammte, sei es noch so kindlich und närrisch, vor dem Rachen des Todes und der Finsternis verbergen zu wollen, und sei's auch nur für ein paar Jahre. All dies fand Ephraim zum Lachen oder zum Heulen, je nachdem.

Beinahe hätte er das Täschchen weggeworfen, aber dann beschloß er, ihm eine neue Bedeutung zu verleihen – als Sinnbild allen verblendeten menschlichen Strebens und eitlen Gebarens. Es nahm ja auch nicht viel Platz weg.

1888 kam Elieser zur Welt. Im Jahr darauf, als das Kind abgestillt war, erschlug Ephraim seine Frau Esther mit einer Axt, während sie schlief. Mit einem einzigen Hieb trennte er ihren Kopf vom Rumpf. Danach lief er, es war ein eisiger Winter, zur Weichsel, hackte ein Loch in die Eisdecke, hackte sich den Penis ab, stopfte ihn dem Kopf in den Mund, warf den Kopf ins Wasser und sprang hinterher. Nun endlich war Gottes Strafe gerecht proportioniert.

In seinem Abschiedsbrief bat er den Ewigen um Vergebung für den Freitod, bat Esther um Vergebung (in genau dieser Kürze), und seine Schwester Adaja bat er darum, den kleinen Elieser streng chassidisch aufzuziehen. Er solle zum Schriftgelehrten ausgebildet werden und Gutes bewirken. Am Ende des Briefes stand: *Mein liebes Kind, mein lieber Sohn Elieser, dich bitte ich nicht um Vergebung, denn für dich wird es ein Segen sein, ohne Eltern aufzuwachsen. Du wirst meinen Worten nicht trauen, aber glaube mir, Adaja ist das beste Geschenk, das ich dir noch machen konnte.*

Die Zeitungen hatten anderntags Schwierigkeiten, die Brutalität der Angelegenheit in abdruckbare Worte zu fassen. Über Jahre hinweg wurde die Stelle, an der das Verbrechen passierte, den Neugierigen gezeigt. Und die Weichsel konnte mal silbrig glitzern, mal grün wie Galle sein. Esthers Kopf wurde nie gefunden.

Es gab welche, die Ephraim eine tragische Figur, einen verbitterten Verrückten nannten, obgleich sie für den Mord an Esther sogar ein gewisses Verständnis aufbrachten. Was sie andererseits nie offen geäußert hätten, denn so etwas gehört sich nicht gegenüber Toten, gegenüber ermordeten Frauen schon gar nicht.

X

BANSHEE UND BAPFO

Banshee, eine zwergwüchsige Frau mit langen grünen Haaren, und der Fettkloß Bapfo, auf dessen Bauch sie hockte, sahen den Mann auf einer Parkbank sitzen. Er war noch sichtlich selig, trug sein Haupt nach hinten gekippt. Und drüber schien der Mond kreisrund in voller Pracht.

»Das ist er!« rief Banshee und warf sich ihre blanken Brüste über die Schultern. Wie sie es immer tat, wenn etwas zu tun anstand. »Schau, wie es ihm noch immer schwillt im Schritt!«

Bapfo grunzte unwillig. »Wozu machen wir das?«

»Wie – wozu? Was soll das für eine Frage sein, Fettkloß?«

»Koloß!« sagte Bapfo. »Nicht Kloß. Das kränkt mich. Ich bin ein Koloß, aber ich habe Gefühle, Banshee.«

Die Frau mit der weißen Haut und den weißen Augen steckte sich einen Zeigefinger in die einst alleswissende Musch und schnippte dem Riesen einen Schwupp schwarzes Smegma ins Nasenloch. Bapfo nämlich besaß nur eins.

»Wir kommen und tun es. Immer schon. Und der da kam eben in Feinliebchens Mund. Besser kann den Zeitpunkt kein Glücksmeister wählen. Jetzt bock nicht!«

Bapfo blieb stehen und schleuderte das greise Mädchen ins Gras. Nur weil sie um ein oder zwei Königreiche klüger war, war sie nicht älter und von höherer Majestät als er.

»Immer schon? Ja, immer schon. Genau das! Immer schon sagst du, tu dies, Bapfo, und tu das, Bapfo. Und wenn ich nicht will?«

Banshee kreischte vor Zorn. »Wir sind im Auftrag des Meisters unterwegs! Da gibt es nichts zu diskutieren, Fettarsch!«

Bapfo bohrte in der Nase und roch an der Beute. Sehr schwarz, sehr alt. Mit Frauen zu streiten, dachte er, hat noch nie was gebracht. Aber warum nicht einmal Fragen stellen? Der Jüngling tat ihm leid. »Sind wir denn Sklaven?«

Banshee beruhigte sich überraschend schnell, als hätte das Wort »Sklave« in ihr etwas ausgelöst, eine Erinnerung an die große Zeit, als sie noch frei gewesen war. Der Ursprung.

Vor dem Papier. Als es noch keine Meister gegeben hatte.

»Wir haben einen Auftrag, Bapfo. Wir wissen nicht genug, um uns dagegen aufzulehnen. Und denk an all jene, die sich aufgelehnt haben. Denk daran, wo sie jetzt sind. Oder nicht sind. Wir aber sind hier, und das ist gut. Alles ist gut.«

Bapfo beugte sich hinab, und Banshee sprang auf seinen Bauch.

»Du hast ja recht«, sprach der Riese, »der Meister ist ja auch ganz gut. Gab schlechtere als ihn.«

»Ich hab dich doch lieb, mein toller Koloß!« Banshee schlug den richtigen Ton an.

Währenddessen war der junge Mann aufgestanden und hatte sich eine Zigarette zwischen die Lippen geschoben.

Banshee küßte Bapfos drei Kinne und gab ihm ein Zeichen. Dann begann sie zu singen.

Der Mann horchte auf. Dergleichen hatte er nie zuvor gehört. Was um ihn herum vorging, ahnte er nicht. Nur die süße Musik vernahm er und haschte im Dunkel nach mehr davon. Immer und immer mehr davon.

Banshee trat vor ihn, nahm seine Hand, rieb sie an ihrem feuchten, eiskalten Geschlecht. Er zuckte, wie ein junger Fleischmensch zuckt, vorm Angesicht der Ewigkeit. Fiel ins Gras und warf die Zigarette weit von sich, schleuderte vieles von sich, in einem Moment. Bapfo plumpste auf ihn herab, tonnenschwer. Dann war auch dieses Werk getan.

XI

TIMESURFING

Je länger ich an diesen Melodien arbeitete, desto verrückter wurde alles. Ich meine »verrückt« gar nicht im Sinne von wahnsinnig, ich meine, alles verschob sich, von hierhin nach dorthin und wieder zurück oder ganz anderswohin – während ich, als bibbernder Klumpen Fleisch im Zentrum meiner Zentralperspektive, den Überblick verlor, was gewesen war, was noch eben war und was ist oder bereits sein wird. Meine Träume wurden lebhaft – und dominant über die Realität. Bis von mir nicht länger unterschieden werden konnte, wo das eine endete und das andere begann. Zusammen mit Alkohol war das alles LSD hoch drei.

Ich müßte weit ausholen, um zu erklären, was ich genau meine.

Dinge gibt es, die erlebt werden können. Sie zu beschreiben ist eine andere Sache. Die Beschreibung klingt albern und krank, egal, wieviel Mühe man sich gibt. So, wie man Träume nach dem Erwachen aufzuschreiben versucht und ihrem Inhalt niemals gerecht werden kann. Denn Träume spielen sich in sechs Dimensionen ab, das Papier bietet allenfalls vier davon einen Spielraum. Und Spielraum, das Wort hat etwas Kindliches für mich, wie »Sandkasten« oder »Butterkeks«.

Man müßte versuchen, es in ganz einfache Worte zu fassen, ohne jedes Traumkolorit. Zum Beispiel sah ich viele mir unbekannte Menschen, die hervorkamen aus den Tiefen der Zeit, und »Gegenwart«, »Zukunft«, »Vergangenheit« – diese Begriffe verloren an Bedeutung. Ich sah Menschen, die starben. Jeder sieht Menschen, aber zumeist sind sie lebendig und machen irgend etwas. Ich hingegen sah Menschen in ihrer Gesamtheit, wie Kapitel eines Buches, mit ihrem Tod als logischem Ende. Das war deprimierend und erhellend zugleich. Um es anders zu beschreiben: Ich kam mir vor, als sei ich fähig, in der Zeit zu surfen, zu reiten auf dem Kamm der großen Welle Zeit, und wenn sie brach, spülte sie mich hinweg und stürzte über mir zusammen, doch ich ertrank nicht und wurde von einer neuen Welle nach oben gespült, ins Licht. Kein himmlisches Licht, aber ein reales Licht, vom Kerzenflackern bis zum Sonnenschein. Mir war schon klar, daß etwas nicht stimmte, daß ich womöglich Hilfe brauchte, Beistand, Medikamente. Andererseits war es nicht wirklich unangenehm, eher im Gegenteil, manchmal kam es einer Erleuchtung gleich. Zwar war alles zum Sterben verdammt, aber alles lebte doch weiter, oder lebte wieder auf, wenn jemand aus einer anderen Zeit hinein in die Lebenszeit des Gestorbenen surfte. Wobei »hinein« der falsche Begriff ist. Man war zu Gast am Rand einer Glaskuppel, einer Zeitblase. Ein stiller betrachtender Gast, der nicht eingreifen konnte. Aber vielleicht war auch das zu lernen. Mit der Zeit.

Etwas war doch unangenehm an alldem. Die Einsicht, wie wenig ein einzelnes Leben umfassen kann, die Einsicht, daß nur mehrere, miteinander verknüpfte Leben etwas wirklich Bedeutendes hervorbringen können. Das widersprach meinem Glauben an die Allmacht des Individuums, es beleidigte meine Weltanschauung. Profanisierte meinen Entwurf der Existenz, verlächerlichte meine Deutung der Dinge. Bis ich mich selbst als eine Art Spielball sah im Flippergerät eines ominösen *Pinball Wizard*. Wer konnte das sein? Gott? Ich bin nie religiös gewesen, hätte mir diese Schwäche nie erlaubt, die unser Leben im Grunde als unfrei entwertet. Ich möchte nicht von Gott reden, niemand sollte von Gott reden, denn niemand hat Erfahrung und Umgang mit Gott, egal, was er behauptet. Doch sah ich gewisse Mächte am Horizont wirken, sie waren an keinem Horizont und ich sah sie nicht wirklich, doch sie kamen mir langsam näher, ganz nahe, sehr nah, zu nah. Sie drangen mit Wucht in mich – und ich – war nur noch ein Resonanzraum, ich mußte trinken, mehr, viel mehr trinken, um dem gewachsen zu sein. Dies nur, um zu veranschaulichen, warum die Arbeit immer schleppender verlief. Stundenlang saß ich am Klavier und spielte Musik, die mich von einem Zustand in den nächsten schleuderte. Und die Visionen kamen, man mußte nur aufspringen, und los ging die Reise. Lauter falsche Begriffe. Man *sprang* nicht *auf*, es war keine *Reise* und sie *ging* auch nicht *los*. Man war von einem Moment auf den anderen mit dabei, die Reise war eher ein anderes Sein, und es begann nicht, sondern war immer schon.

Für einen Künstler ist es nicht unehrenhaft, sich dem Rausch zu ergeben. Selbst im Übermaß. Solange es Phasen gibt, da er, wieder souverän geworden, die Früchte der rauschhaften Erkenntnis, um es mal ein wenig blumig auszudrücken, einsammeln und einkochen kann, für das haltbare Kunstwerk, das alles rechtfertigt. Manchmal war ich nüchtern. Aber souverän? Objektiv? Präzise? Akribisch? Lachhaft. Das war mal. Überall Feuer. Feuer aus Öfen, großen und kleinen, Feuer aus Scheiterhaufen, Feuer in Form von Lava. Und dann doch nur wieder Feuer für eine Zigarette. Und ein gewaltiges Dunkel, in dem ich lag, hilflos den Träumen ausgesetzt, den gefürchteten Spielfilmen, die nicht mehr durch Alkohol unterdrückt werden konnten.

Sobald ich am Klavier der größten aller denkbaren Drogen gehuldigt und die Melodien gespielt hatte, war es mir unmöglich, in jenen Zustand der Betäubung zu finden, der mir jahrelang Schutz geboten hatte vor den Träumen. Ich schlief immer erst ein, wenn durch die Erschöpfung mein Körper nah an den Rand des Organstillstands gekommen war. Und selbst dann erwachte ich schreiend, mit dem Hall einer fernen Stimme in den Ohren. Diese Stimme eines alten Mannes verhöhnte mich und sagte, leise flüsternd, dabei klipp und klar und immer wieder:

Du bist es nicht.

XII

DER DIEBSTAHL VON JUNE

Dann wurde mir June gestohlen. Als ob das alles nicht schon demütigend genug gewesen wäre. Sie tanzte mitten im Zimmer, und ein Loch entstand in der Decke, eine riesige Hand griff von oben herein und packte June am Hals und zog sie durch das Loch hinauf in ein schwarz gleißendes Licht. In die glitzernde Finsternis. Vor meinen Augen. Ich sah ihre nackten Beine zappeln, und sie rief meinen Namen – und verschwand. Gut, zugegeben, ich war betrunken und nicht mehr fähig, zu unterscheiden zwischen Brueghel und Bosch. Ich weiß nur, June, die eben dagewesen war, deren Haar nach Apfelshampoo gerochen hatte, war weg. Hatten wir uns gestritten? Nein, wir hatten uns geliebt, keine Minute war das her, ich spürte noch immer den kindlichen Griff ihrer Hand in meinem Nacken, ich schmeckte noch ihren Honig auf meiner Zunge, da brach über uns die Decke auf, und etwas leuchtete uns heim, sie dorthin, mich dahin, wo ich auch zu mir kam, in den mir vertrauten vier Wänden, und wenn es nach dem Wecker ging, mußte ich viele Stunden geschlafen, also komplett versagt haben. Das war ziemlich fies, dieses Gefühl, versagt zu haben auf den letzten Metern.

Aber versagt – worin? Das Letztgültige nicht getan zu haben. Was für ein Unfug!

Ich erwachte in kaltem Schweiß und sprang an die nun wieder geschlossene Decke, wie eine Fliege, die den Ausweg sucht ins Freie. Das konnte nur wieder ein Traum sein, kaum hatte ich das begriffen, fiel ich hinab in mein Bett und erwachte von neuem. Und alles konnte Traum oder Fleisch sein, es gab keinen Unterschied mehr. Dann kam ein Augenblick, in dem ich alles begriff, und der nächste, in dem ich alles gleich wieder vergaß. Und endlich wachte ich wirklich auf. Was um mich her vorging, das Kreisen der Uhrzeiger, der Rundflug einer späten Fruchtfliege um den alten Joghurtbecher, das Ziehen der Wölkchen vor dem Fenster – das fühlte sich real an und glaubhaft. June war aber nicht da. Ich schrieb ihr eine Mail und eine SMS und rief sie an, sie antwortete nicht. Im Fernsehen gab es gerade Nachrichten. Zu sehen war ein großes brennendes Gebäude.

3. TEIL

DIE GROSSE TRANSFORMATION ist eine der schwierigsten Aufgabenstellungen der Magie.

Es geht nicht darum, ein Element in ein anderes zu verwandeln, etwa Blei zu Gold, also ein vorhanden stoffliches Ding in ein anderes vorhanden stoffliches Ding, was ein kleinliches und niederes Unterfangen darstellen würde, entstanden aus plumper Gier. Das ist nicht besonders schwer und wird in Kürze sogar von ganz banaler Physik vollbracht werden können.

Es geht vielmehr darum, etwas aus der einen Sphäre in die andere hinüberzuheben, also Zustände, die im Reich der Träume und Legenden wirklich sind, unbeschadet und gleichbedeutend ins Reich des Irdischen zu überführen. Anders gesagt: Verläufe, Konjunktionen und Verdienste, die jenseits der Zeit selbstverständlich sind, müssen wirkungsgleich übertragen werden in die schlichte Dimension der Atmenden. Um dieses Ziel zu erreichen, ist fast immer ein Menschenopfer nötig.

I

KACK! RIEF ELIESER

Ephraim Gershons Vorhersage bewahrheitete sich. Elieser bekam mit seiner Tante Adaja eine herausragende Ziehmutter, die ihn wie ein selbstgeborenes Geschöpf liebte und versorgte. Ephraims hinterlassenes Vermögen erlaubte der Familie, die neben Elieser und Adaja noch aus ihrem Gatten Schimon (einem einfachen Angestellten) und zwei eigenen Kindern bestand, eine sorgenfreie Aussicht auf kommende Jahrzehnte. Um den Wunsch des toten Bruders zu respektieren, denn es gab, wenn Adaja darüber nachdachte, keinen Grund, dies nicht zu tun, erhielt der kleine Elieser die bestmögliche Ausbildung im Sinne streng religiöser Unterweisungen. Der Pfad zu einer späteren Lehrtätigkeit sollte von Anfang an und ohne Umwege beschritten werden. Es gab nur ein kleines Problem, und Meir Zadek, der Lehrer im Cheder, tat sich schwer, es Adaja gegenüber in akzeptable Worte zu fassen.

Elieser war nicht, wie man lange geglaubt hatte, verstockt und von sehr dickem Blut, er war dümmer als die Nacht finster. Rein gar nichts begriff er und reagierte auf Züchtigungen jedweder Art mit fast boshaft zu nennender Gleichmut. Niemals zuvor war in der Warschauer Gemeinde ein ähnliches Exempel für strikte Unbelehrbarkeit beobachtet worden.

Adaja wollte es nicht glauben, und Schimon, ihr Gatte, bestach den Meir Zadek mit großzügigen Spenden, es wieder und wieder zu versuchen. Nichts änderte sich. Der kleine Elieser sprach mit niemandem außer Adaja, dann wirkte er wie ein vernünftiger Vierjähriger, was für einen Zehnjährigen kein Ruhmesblatt ist, aber immerhin. Seinen Halbgeschwistern und seinem Ziehvater hatte er stets nur einsilbige Antworten gegönnt: ja, nein, satt, Durst, Kack, kalt – weswegen sie ihn alsbald verloren gaben, anders als Adaja, die, in ihrem Herzen mehr als in ihrem Kopf, ahnte, daß die Angelegenheit komplizierter sein mußte und nicht ganz aussichtslos war. Autistische Kinder jener Zeit endeten allermeist in Irrenanstalten oder, von einer liebenden Familie gedeckt, in niederen Anstellungen, die ihnen wenig abverlangten. In manchen Ländern galten sie als vom Teufel besessen. In Rußland wurden manche von ihnen als »heilige Narren« verehrt, als Wesen, die sich gleich nach der Geburt freiwillig entschlossen hatten, ein besonders religiöses Leben zu führen, jenseits der Konventionen. Nur äußerst selten kamen ihre besonderen Fähigkeiten ans Licht. Und Elieser wurde schlicht für einen Idioten gehalten.

Adaja, selbst eine nicht allzu gebildete Frau, nahm jede Anstrengung in Kauf, ihrem Schützling etwas Allgemeinwissen zu vermitteln, mit dem er irgendwann, in einer immer anspruchsvoller gewordenen Welt, einen nicht völlig sinnlosen Platz würde einnehmen können.

Doch auch wenn Elieser ihre Unterweisungen manchmal anzunehmen schien, so wie ein Äffchen jedes neue Spielzeug erst einmal in die Hand nimmt und in den Händen hin und her wendet, so stumm und verstockt blieb er gegenüber den vielen anderen Menschen seiner Umgebung. Man beurteilte ihn wegen der Sünden seines Vaters als verflucht, und wer auf sich achtgab, hielt Distanz zu ihm, um nicht fahrlässig in den Bannkreis des Blutfluchs zu geraten.

Adaja wollte Elieser auch das Klavierspiel beibringen, aber für jemanden wie ihn schienen selbst einfachste Anfängerstücke zu schwierig. Ob es der *Flohwalzer* war, *Hänschen klein* oder was auch immer, Elieser saß vor den Tasten und schien nicht zu begreifen, warum er lernen sollte, solche Musik zu spielen. Schließlich versuchte sie es mit Noten aus dem Ledertäschchen, denn die waren nun derart einfach, man hätte sie einem Hund beibringen können. Der Junge reagierte in der üblichen Art, er knurrte und keckerte. Danach wurde er nicht mehr erzogen, sondern dressiert, von seinem Stiefvater Schimon, der es besser zu können glaubte als seine Frau. Für jedes Knurren wurde Elieser eine Mahlzeit entzogen. Schrie er, stopfte man ihm Seife in den Mund, und er mußte für zwei Stunden in die Besenkammer. Schlug er mit der Faust auf den Tisch oder wälzte er sich auf dem Boden, gab es einen Schlag mit der Haselrute auf den nackten Hintern. Wie so oft brachten diese in Hunderttausenden von Jahren erprobten Methoden der Kindererziehung einen schnellen und greifbaren Erfolg. Elieser schrie kaum mehr, knurrte selten und schlug nur noch ganz leise auf den Tisch – mit zwei Fingern. Das sah aus, als spiele er auf imaginären Tasten. Das Ledertäschchen hatte er an sich genommen und trug es jetzt um den Hals, und niemand sah einen Grund, es ihm wegzunehmen.

Aber sprechen wollte er, außer mit Adaja, weiterhin mit niemandem, ganz so, als bekäme er dadurch Kopfschmerzen. Und wo er früher geschrieen hatte, weinte er nun stumm.

Schimon Steinmann haßte Elieser und machte keinen großen Hehl daraus. Er weigerte sich, ihn zu adoptieren, damit der ehrbare Name seiner Familie keinen Schaden nahm von dieser Brut eines Mörders und Selbstmörders. So blieb Elieser Gershon ein Leben lang Elieser Gershon und der Sohn eines Mörders und Selbstmörders und ein Problemkind, das am liebsten mit seinem ollen Ledertäschchen spielte und weder lernte, wie man eine Zeitung liest, noch wie man sie auf dem Abtritt benutzt.

Je älter er wurde, desto weniger vorzeigbar empfand man ihn. Bei aller Liebe, die Adaja ihm angedeihen ließ, irgendwann waren auch ihre Ressourcen erschöpft und ihre Grenzen erreicht, vor allem, wenn Elieser ihr unter den Rock greifen wollte und dabei lüstern und leicht ziegenähnlich keckerte. Eine Mischung aus Meckern und Lallen. Gefolgt von sehr spitzen, schrillen Tönen. Manchmal onanierte er, ohne Rücksicht darauf, wer gerade im Zimmer war. Man mußte eine Sicherung an seinem Gürtel anbringen, aber selbst dann war er Leuten kaum zuzumuten. Elieser war wie ein Tier aus der Natur, ohne moralisches Empfinden, ohne Verantwortungsgefühl. Sein ohnehin schon schwacher Geist schien sich im Lauf der Jahre immer mehr verwirrt zu haben, und was er redete, ergab keinen rechten Sinn mehr, außer der Angabe einfachster Begehrlichkeiten wie Hunger, Durst, Kack und Schlüpfer. Die Vorstellung, jemand könne mitbekommen, wenn Elieser auf ihren Schoß deutete und SCHLÜPFER! forderte – diesen Gedanken hielt Schimon nicht aus.

Im Jahre 1938 feierte Elieser Gershon seinen fünfzigsten Geburtstag. Um genau zu sein, er feierte ihn nicht, andere feierten für ihn, er war sich dessen wohl gar nicht recht bewußt. Er lebte in einem abgetrennten Teil der Wohnung, Umgang mit ihm pflegten nur seine Familienmitglieder und die polnische Putzfrau, die einige Złoty extra bekam, damit sie ihn nicht anzeigte, wenn er sich vor ihr entblößte. »Kack!« rief Elieser, wenn ihm der Hintern saubergewischt werden sollte. Adaja ahnte längst, daß er nicht so unbelehrbar war, wie alle dachten. Warum sollte er freiwillig auf die einzige sexuelle Zuwendung verzichten, die man ihm angedeihen ließ? Sie hatte es im Grunde gewußt, seit er dabei an sich rumgespielt hatte, zum ersten Mal schon als Kleinkind. Soviel Zeit war so schnell vergangen. Zu seinem Ehrentag hatte man in der Mirowska-Markthalle kandierte Kaiserkirschen gekauft, die mochte Elieser am liebsten. Von Adaja bekam er ein Kofferradio geschenkt, ein neuartiges und robustes Gerät, das man auch einem Trottel anvertrauen konnte. Er zeigte lebhaftes Interesse daran und wirkte dankbar. Und als Nora, die Putzfrau, mit ihm allein im Zimmer war, stellte sie sich wie an jedem seiner Geburtstage vor ihn hin und hob ihre Röcke, denn sie wußte, womit man ihm die größte Freude bereiten konnte.

Am Abend ging Schimon, dessen leibliche Kinder das Haus schon lange verlassen und eigene Familien gegründet hatten, in ein Boulevardtheater, allein, denn immer mußte jemand bei Elieser bleiben, für den Fall, daß er wieder mit Streichhölzern spielte. Adaja war inzwischen achtundsiebzig Jahre alt, Schimon sogar ein Jahr älter. Wie sehr er Elieser in seinem Herzen auch verabscheute, so war er doch immer bereit gewesen, die Prüfung, die ihm in Form dieses Idioten geschickt worden war, auf sich zu nehmen, sie zu ertragen und zu bestehen. Langsam jedoch mußte eine Lösung gefunden werden, denn seine und Adajas Tage waren gezählt. Den eigenen Kindern, die er ganz vorbildlich liebte, wollte Schimon ersparen, diese Last auf sich nehmen zu müssen. Es sollte aber auch nicht so aussehen, als würde ein krankes Mitglied der Familie abgeschoben werden in eines der schrecklichen Häuser, die sich Irrenanstalten, Nervenkliniken oder Geistes-Sanatorien nannten. Also traf er sich im Teatr Polski in der Karasiastraße mit seinem Neffen, dem Chirurgen Frank Steinmann.

Während Schimon ins Theater ging, was seiner Gattin merkwürdig vorkam, denn gewöhnlich fand er keinen

Gefallen an derlei sehr äußerlichen und affektierten Darbietungen, koste Adaja den Elieser und gab ihm ihre Liebe. Obschon ein halbes Jahrhundert alt, blieb er für die Greisin noch immer das Kind von einst, ein Schutzbefohlener, dem so viele irdische Freuden vorenthalten waren. Nicht einen Moment lang sah sie in ihm etwas Krankes und Belastendes. Sein Leib war niemals schön gewesen, aber Schönheit ist ein leeres Wort, das mit vielem gefüllt werden kann. Zum Beispiel mit einem Rätsel, das seiner Lösung harrt, das sich spreizt und verweigert, weil es nicht Teil dieser Welt sein will, zu der es doch verdammt ist.

Das Zimmer lag verschämt im Fastdunkel eines Kerzenstummellichts. Die Gebirge des frisch gestärkten Winterbettzeugs wehrten sich gegen Eindringlinge, aber zuletzt gaben sie nach. Adaja schmiegte sich eng an ihren Liebling, sie mochte es, seine Härte selbst durch beider Kleidung hindurch auf ihrem Schenkel zu fühlen, und ihr Körper reagierte, und ihre Brustspitzen liebten es, wieder ein Kind zu spüren, selbst wenn das Kind in der Hülle eines fast schon alten Mannes lag wie in einem Zelt. Sie hörte, wie Elieser brummte und seufzte und gurrte und leise keuchte, dann zappelte, bis die Quelle allen Lebens sprudelte und er zuckte und ausschnaufte und glücklich Ruhe fand und liegenblieb. Er atmete seiner Tante in die Achselhöhle und summte und seufzte anders als zuvor, während Adaja, von plötzlicher Scham überwältigt, ihre Röcke schnell wieder hinunterschob bis zu den Knöcheln.

II

DER UNTERGANG DER BOTTROPER OPER

Banshee und Bapfo standen vor dem altehrwürdigen Gebäude der Bottroper Oper. Der Auftrag des Meisters lautete, den Betrieb ein wenig durcheinanderzuwirbeln und den Intendanten gehörig zu erschrecken. Der Dramaturg aber sollte ausdrücklich in Ruhe gelassen werden, denn er war einer der ganz wenigen gewesen, der Brandts Opern echtes Interesse und schließlich sogar Begeisterung entgegengebracht hatte. Bapfo sah kurz noch einmal auf die Liste:

1. Betrieb durcheinanderwirbeln

2. Intendanten erschrecken (gehörig)

3. Dramaturgen in Ruhe lassen (auf alle Fälle)

Banshee herrschte ihn an, er solle den Kokolores mit Stift und Papier vergessen, sie habe alles im Kopf, und er sehe einfach nur dämlich aus mit Utensilien, die einzig dem Meister zustünden. Bapfo schmollte und warf Stift und Papier in den Kies.

Sie lösten Tickets für eine Loge im ersten Rang. Für ihre Ohren klang das erhabener als etwa fünfte Reihe Parkett. Sie hatten sich in menschliche Abendgarderobe gezwängt und ihre Leiber in ein menschenähnliches Aussehen. An der Bottroper Oper gab man an diesem Jahrestag der deutschen Einheit, als ob es abgenudelter nicht ginge, die Premiere von *Fidelio*. Ein Werk, das, obwohl es von Beethoven stammte, sehr gut um ein Drittel gekürzt werden könnte, fanden die Dämonen, denn sie besaßen Geschmack, wenn ihnen danach war. Sie hatten schon manchen Künstler zum Erfolg und manchen Kritiker vor die Tore der Hölle begleitet.

Während das Orchester die Ouvertüre spielte, drehte Banshee – sie konnte das auch über eine gewisse Entfernung hinweg – an den Wirbeln der Geiger herum, denn sie nahm ihren Auftrag erst einmal buchstäblich. Wirbel heißen die vier seitlichen Teile am Nordende einer Violine, mit denen die Saiten gestimmt werden. Die Aktion löste eine wahrnehmbare Verstimmung aus, gerade so sehr, daß der Dirigent irritiert guckte, aber nicht gleich unterbrach. Die Geiger nutzten jede mögliche Pause, um ihr Instrument nachzustimmen. Weil sie den Dirigenten und seine Zornesausbrüche fürchteten, sandten sie ihm allerhand beschwichtigenwollende *IchbinnichtschuldandieserScheiße*-Blicke zu. Dann, als der Vorhang hochging, explodierte ein Scheinwerfer über der Bühne, und Splitter regneten herab auf das Ensemble. So etwas kam, selten zwar, aber vor, und die Sänger reagierten sehr professionell, indem sie den Splitterregen bestmöglich ignorierten. Der nächste Schlag der Pauke durchschlug das Kunstfell des Instruments. Das kam nun schon sehr viel seltener bis beinahe nie vor, und der Dirigent erwog zum ersten Mal den Abbruch der Vorstellung. Doch eine ganze Weile lang passierte kein weiteres Malheur, und bei Orchestermusikern reicht das bereits aus, damit sich schnell und erleichtert der Dunst der Routine über alles legt.

Dann, beim berühmten Gefangenenchor, als die nur in Sack und Asche gekleideten Eingekerkerten kurz ins Freie dürfen, geschah es plötzlich, daß allen Chorsängern während der Worte »O welche Lust! in freier Luft!« gigantische Erektionen wuchsen, die schlecht zu verbergen waren und die ihre Träger eher mit Erstaunen und purer Angst denn mit Stolz erfüllten. Unmut machte sich im Publikum breit, denn denselben Einfall hatte es im Jahr zuvor schon in einer Nürnberger und einer Gelsenkirchener Inszenierung gegeben. Nun aber begannen die Sänger auch noch zu steppen, die ergreifenmachenwollende und, unter uns gesagt: ein wenig hindümpelnde Musik aufzupeppen. Das Problem war, daß die Sänger gar nicht steppen wollten, etwas tanzte mit ihnen, und so hörten sie bald auf zu singen, sie kreischten in unverstellter Angst, während ihre Beine munter weitersteppten, in einer erstaunlich perfekten Choreographie. Wer gedacht hätte, das gehe dem Publikum nun deutlich zu weit, sah sich getäuscht, denn das Ganze war eine eigentlich erstaunliche Idee von mächtiger Wirkung. Man reagierte allenfalls leicht irritiert. Der Dirigent glaubte zuerst, er habe schlechtes Koks erwischt, aber weil auch ihn faszinierte, was er sah, beschloß er, weiterzumachen, das Tempo leicht anzuziehen und sich in die nahe Pause zu retten. Den Blechbläsern, genauer gesagt, den Blechblasinstrumenten, nicht den Musikern selbst (obwohl – vielleicht denen auch, wer weiß das so genau?), entfuhren im Minutenabstand gröbste Flatulenzen, und es begann, auf gewisse Art konsequent, ein widerlich fäkaler Geruch aus dem Orchestergraben in den Zuschauerraum zu wallen. Das Publikum stöhnte, doch es ergab sich nicht. In einem realen Gefängnis mochte es ja nicht minder stinken. »Olfaktorischer Realismus«, sagte ein Bildungsbürger zur Gattin, »Oper für alle Sinne, mal was Neues!« Überhaupt wurde im Parkett viel gequatscht und kommentiert, die Leute vergaßen sogar zu husten. Und dann begann die Levitation. Alle Instrumente, selbst solche, denen das technisch gar nicht möglich ist, spielten um zwei Oktaven nach oben versetzt. Sogar die Sänger sangen in Regionen, die ihrem natürlichen Stimmbereich unter normalen Umständen unerreichbar gewesen wären. Als hätten sie alle am Helium genascht, so hoch und irrsinnig wie irreal klang das – und die Töne, die das Orchester produzierte, stiegen als Luftblasen auf. Manche der Luftblasen platzten, dann fiel ein Ton heraus und bahnte sich mit Ach und Krach seinen Weg in die Ohren der Menschen, andere Luftblasen platzten nicht und schwebten über dem Parkett, und wenn man sie konzentriert ansah, zeigte sich in jeder der Blasen ein Leben, von der Wiege bis zur Bahre, irgendein Leben irgendeines Zuschauers, irgendeines Zeugen dieses Wunders. Nicht wenige im Publikum erkannten sich, sahen, wie sie sterben würden, eines Tages, und wen es betraf, der staunte wie über etwas Unfaßbares. Die meisten aber schwiegen, denn schließlich war man in der Oper. Und in Sicherheit für den Moment.

Die Gefangenen traten endlich ab, das heißt, sie hüpften wie Känguruhs, und ihre immer noch gewaltigen Penisse schleuderten dabei literweise Ejakulat bis in die fünfte Reihe. Einige Damen kreischten nun doch, besonders als das Sperma, das keines menschlichen Ursprungs war, sich in Blut – in diesem Fall muß man dazusagen: schwarzes Blut – verwandelte, sobald es mit atmender Haut in Berührung kam. Für die komplett Ungebildeten sei erwähnt, was vor der Pause noch folgt: Pizarro, der unsagbar Böse, ärgert sich über Rocco, den Kerkermeister, der die Gefangenen eigenmächtig etwas Frischluft hat schnuppern lassen. Deswegen muß er ihm nicht gleich alles Gedärm herausreißen und in seine Bauchhöhle urinieren. Aber schön, das war rabiat und konsequent zu Ende gedacht, und spektakulär gut gemacht war es schon. Und es gab sogar eine ironische Brechung, denn der unsagbar Böse Pizarro – denn nichts ist NUR böse – vergab seinem Schergen, stopfte ihm die Kaldaunen wieder in die Bauchhöhle zurück und nähte das Ganze zu, mit einem dicken Tau und einem wuchtigen Dolch. Dann küßte er den Rocco und leckte ihm das Gesicht. So ging es doch auch.

Während all dieser zuerst verstörenden, dann auch wieder versöhnlichen Szenen blieb der Großteil des Publikums erstaunlich ruhig, war es doch seit vielen Jahren an die Exzesse deutschen Regietheaters gewöhnt. Wo eine längst angebrachte Panik hätte einsetzen müssen, kam es nur zu ein paar Buhrufen auf offener Szene. Die Lage änderte sich erst, als das Schwarzblut von den Wangen der Frauen auf den Boden tropfte. Denn wie jeder weiß: Schwarzblutstropfen verwandeln sich bei Bodenberührung in kleine Bröckchen roter Glut. Und wer glaubt, die würden sich leicht austreten lassen, der hat nie einem Schwarzblutbrand beigewohnt, vermute ich mal. Die vielen kleinen Brandherdchen wuselten über den Boden und suchten nach Holz. Das würden Sie und ich, ausgesetzt in der Wildnis, auch nicht anders machen. Es sah anmutig aus, wie die Glutbröckchen den Orchestergraben erklommen. Wieviel Holz es da unten gab und wie alt und lecker es war!

Schließlich schnappte sich der Inspizient ein Megaphon und rief laut ins Publikum: »DIES IST KEIN TEIL DER INSZENIERUNG! VERLASSEN SIE RUHIG UND GEORDNET DEN SAAL!« Eben hatte der Dirigent die letzten Takte des ersten Aktes hinter sich gebracht, es war Pause, deshalb glaubten weite Teile des Publikums, vor allem die, die sauber und trocken geblieben waren, dem Inspizienten kein Wort. Hier wurde wirklich was hergemacht. Applaus brandete auf, auch Gelächter gab es und Pfiffe. Aus dem Megaphon dröhnten neue Warnungen und Mahnungen. Die Leute schnellten dennoch eher gemächlich aus ihren Sitzen und drängten mehr pflichtbewußt als furchterfüllt zu den Türen. Wie durch ein Wunder kam niemand ernsthaft zu Schaden, alle gelangten rechtzeitig ins Freie, der Polizeibericht sprach hinterher von ein paar leichten Rauchvergiftungen, das war alles.

Das Opernhaus allerdings brannte. Das schon. Lichterloh, kann man sagen. Banshee und Bapfo stolzierten keck an den Feuerwehrmannschaften vorbei, das

Chaos kam ihnen zupaß, niemand fragte mehr nach Legitimationen, sie traten in den Palast des Intendanten ein und warfen ihre Verkleidungen ab. Im ersten Stock fanden sie sein Büro und darin ihn selbst, ein verstörtes Männchen im purpurnen Mantel, das sich an einen cäsarischen Stuhl klammerte und immer wieder den Satz wimmerte: »Wir *machen* Ihre Oper! Geduld! Haben Sie Geduld und Vertrauen!«

Banshee und Bapfo dachten kurz nach, denn ihr Befehl lautete eigentlich nur, den Intendanten gehörig zu *erschrecken*. Sie fanden, bei allem Respekt gegenüber dem Meister, dieses eine Wort, das habe der Meister schwammig formuliert. Aber ein Meister wie er, der von den Göttern abstammte, würde niemals ohne tiefere Absicht *schwammig* formulieren, NIEMALS! Und also sang Banshee den süßen Gesang und Bapfo ließ sich fallen.

III

FRANK UND FRÄNKEL

Frank Steinmann, geboren als Fränkel Steinmann, war als junger Student nach Deutschland emigriert, 1920, hatte sich taufen lassen, hatte eine Christin geheiratet und Karriere gemacht. Nach der Machtergreifung der Nazis mußte der vormalige Chefarzt einer Leipziger Unfallklinik als einfacher Arzt in einem jüdischen Krankenhaus arbeiten, zu einem Bruchteil seines vorherigen Gehalts. 1936 ließ seine Frau sich von ihm scheiden, die Ehe war kinderlos geblieben. Statt weiter nach Österreich oder in die deutschsprachige Schweiz zu ziehen, ging er Anfang 1937 nach Polen zurück, das schien ihm in den martialischen Zeiten, die hereinzubrechen drohten, sicherer zu sein, und die jüngsten Ereignisse, die Heimholung der, wie sie jetzt hieß: *Ostmark* ins großdeutsche Reich, gaben ihm recht.

Dank seiner fachlichen Reputation bekam Steinmann relativ leicht einen Posten als Unfallchirurg im Warschauer *Szpital św. Łazarza*. Eine neue Liebe fand er auch. Bald wollte er zum zweiten Mal heiraten, eine nichtkatholische, um die ganze Wahrheit zu sagen: gottlose Polin, die sich für die Frauenemanzipation und den Kommunismus engagierte. Gut, das war eine Phase, das würde er ihr austreiben nach der Hochzeit. Dafür war sie hübsch und jung, viel jünger als er. Daß Frank Steinmann Hitler im Grunde für einen fähigen Mann hielt, den er selbst ins Amt gewählt hatte, 1933, das band er seiner Braut nicht auf die Nase.

Wenige Wochen vor der Hochzeit traf der Brief seines Onkels Schimon ein. Man solle sich treffen, es gebe etwas zu besprechen. Was immer das war, Frank Steinmann graute davor. Er hatte seinen Lebensweg darauf aufgebaut, sich komplett von seiner Mischpoke zu lösen und zu unterscheiden. Alle familiären Verbindungen hatte er gekappt. Aber seine Neugier siegte, und er schrieb an den Onkel, der schon alt war und von dessen Vermögen man womöglich ein paar Brocken erwarten konnte, daß man sich ja an einem lustigen Ort treffen könne, zum Beispiel im Theater. *Der eingebildete Kranke* von Molière werde gespielt, in der Pause gebe es gewiß Gelegenheit zu plaudern. So kam es, daß Schimon und Frank Steinmann, nach beinahe zwanzig Jahren, einander wieder begegneten, quasi inkognito, geschützt von der Menge und dem theatralen Trubel. Schimon trug keine Kippa und war auch sonst nicht sofort als Jude erkennbar. Sein Neffe registrierte dies mit großer Erleichterung. Schimon redete nicht lange herum. Er habe einen Trottel zu versorgen, sehe sich aber, aufgrund seines fortgeschrittenen Alters, dazu nicht mehr lange in der Lage. Ob nicht Frank eine Möglichkeit wüßte, den Trottel zu behandeln? Als einen Patienten im St.-Lazarus-Spital. Eventuell als möglichen Probanden für Medikamentenexperimente. Damit man Eliesers Existenz am Ende vielleicht doch noch einen

Sinn für die Menschheit abgewänne. Dafür wäre Schimon ihm auf ewig dankbar.

»Wie dankbar genau?« Auch Frank Steinmann kam sogleich zum Punkt, denn die Glocke läutete bereits zum zweiten Mal.

Schimon bot zehntausend Złoty. Frank verlangte das Doppelte. Sie einigten sich in der Mitte. Für Schimon war damit alles im grünen Bereich. Er würde Elieser an jemanden aus der Familie abgeben und konnte dereinst als unbescholten gelten vor dem Ewigen. Die beiden Männer gaben sich die Hand.

IV

BARASCHIMOW

Als ich aus den Fernsehnachrichten erfuhr, was in Bottrop passiert war, wußte ich, daß bald wieder dieser Kommissar bei mir auftauchen würde. Ich hätte ihm die Geschichte mit dem Intendanten dort nie erzählen sollen. Na gut, er würde mir nichts anhaben können, und ich würde darauf verweisen, daß ich ihm die Geschichte mit dem Intendanten ja freiwillig erzählt hatte und sie ihm sicher *nicht* erzählt hätte, wenn ich in diese Sache, die jetzt passiert war, auf irgendeine Weise verwickelt sei. Aber Nabel würde sagen, daß er Kopfweh bekomme und daß er die Schnauze voll von mir habe und daß er mich ja nicht sofort durchschauen müsse, und unter irgendeinem Vorwand würde er mich aus dem Verkehr ziehen, und er würde – jetzt kommt's – meine beiden Laptops beschlagnahmen lassen. Mit allen aktuellen Kompositionen darauf. Wochen würde es dauern, bis ich sie wiederbekäme. Und vielleicht brauchten irgendwelche skrupellosen Ermittler aufgrund des öffentlichen Drucks einen dringenden Erfolg und schoben mir irgendwas unter. Weil ich als tonaler Opernkomponist völlig ohne Lobby dastand. Und am Ende täuschten sie meinen Selbstmord vor.

Ich verließ meine Wohnung, lief durch den Hinterhof, nutzte bei den Mülltonnen das Loch im Drahtzaun und betrat den nächsten Hinterhof, wodurch ich auf einer anderen Straße herauskam als üblich. Ich sah aus wie ein Scheißtourist. In dem Rollköfferchen, das ich hinter mir herzog, war einer der Laptops (den anderen hatte ich im Heizungskeller versteckt) und was man für eine Woche Urlaub braucht. Wenn man sich erst mal in Ruhe eine Strategie überlegen will.

Mein Handy, über das man mich per GPS hätte orten können, lag bei mir zu Hause. Unvernetzt, quasi nackt, trottete ich den Gehsteig entlang und überlegte mir, wohin ich fliehen wollte. Ostsee vielleicht, dann ins Ausland. Schweden oder Dänemark. Ich kaufte mir an einem Kiosk ein Prepaid-Handy und gab ein paar Nummern ein, darunter die von June. Dann lief ich zur Bushaltestelle. Es war ein schöner, sonniger Oktobertag, und letzte Kastanien fielen aufs Pflaster. Neben mir fuhr langsam eine schwarze Mercedes-Limousine. Es sah aus, als suche der Wagen einen Parkplatz, und es war kein Polizeiauto, deshalb dachte ich mir nichts. Plötzlich hielt der Wagen an, und ein schlanker, großer Mann sprang heraus, in feinsten Stoff gekleidet, mit nur mehr wenigen Haaren auf dem Kopf, aber deswegen nicht alt, Mitte/Ende vierzig vielleicht. Ein sehr schicker Mensch, trainiert, parfümiert, ein regelmäßiger Solarienbesucher, und die Blancpain-Villeret-Uhr an seinem Handgelenk war vermutlich echt. So jemand würde keine Fälschung tragen. Erst später habe ich mich gefragt, woher ich in diesem Moment wußte, was eine Blancpain-Uhr war. Damit konnte man im Notfall ganze Landstriche freikaufen – egal von welcher Macht auf Erden.

Der Mann sagte, mit diesem leichten, meist charmant bis schlitzohrig wirkenden russischen Akzent: »Herr Brandt, kaine Angst, jch bitte Sie, staigen Sie ain! Wirr müssen redden. Jch bin Vitali Baraschimow.«

Ich war dermaßen verblüfft, daß mir die Option, wegzulaufen, irgendwie, wie soll ich sagen: albern erschien. Und ich stieg ein in diesen Geruch nach neuem Leder, der Wagen schoß davon, beinahe lautlos.

V

ADAJA UND ELIESER AM KLAVIER

Wie um das Geschehene zu überspielen, im wahrsten Sinne, zog Adaja Elieser aus dem Bett und lief mit ihm in den Musiksalon, sie plazierte ihn neben sich auf dem Hocker und spielte ihm etwas vor. Ihr Können war begrenzt, aber ein paar Stücke beherrschte sie, die Elieser gefielen. Oder die er zumindest nicht knurrend ablehnte. Die alte Frau setzte unsicher zu einem von Schuberts *Moments Musicaux* (die Nummer 3 in f-moll) an, wollte diesen wunderbaren und kindgerechten Hoppe-hoppe-Reiter-Rhythmus hinbekommen, ohne mit den Fingern zu stolpern, als Elieser sanft seine rechte Hand auf ihre linke Hand legte und sagte:

»Ich Musik dir.«

Es war ihm verboten, auf dem Klavier zu klimpern. Aber weder Schimon noch eine Bedienstete waren in der Wohnung. Also konnte man eine Ausnahme machen.

Elieser begann zu spielen. Ohne den Daumen zu benutzen, das fiel sogleich auf, aber es schien so, als bemühe er sich, ganz bestimmte Tasten zu treffen. Als habe er einen Plan, ein inneres Notenblatt vor Augen. Und was er da hervorbrachte, klang eigenartig, aber nicht unangenehm, und er spielte es immer wieder, und

Adaja staunte und spürte ihr Herz schneller schlagen. Sie hatte beide Handflächen auf ihre Lippen gepreßt und hörte und starrte auf das Wunder. Elieser spielte Klavier. Jetzt wechselte er die Melodie, was er spielte, war noch eigenartiger, noch zauberhafter und einnehmender, und die Greisin spürte seltsame Regungen an sich, etwas zwischen Auf- und Erregung, beinahe erotisch, dann wieder spannend und beunruhigend, und ihr Herz begann zu hüpfen, Tränen liefen ihr über die Wangen, und sie beugte sich zu Eliesers Ohr, um ihn zu küssen, um ihn zu bitten aufzuhören, denn ihr Herz ging immer schneller und schneller, aber er sollte nicht aufhören, *nicht aufhören!* dachte sie, und eine nie gekannte Wonne schoß wie eine Kapsel aus Licht und Hitze durch ihren Körper, rieselte durch jede Ader, hinauf zum Hals, hinein in den Kopf, wo die Wonne ein Schwall und ein Rasen wurde, ein Wogen und eine Macht und viel zuviel für ihr kleines Herz.

Als Schimon Steinmann aus dem Theater zurückkehrte, entdeckte er seine tote Frau, die vor dem Klavier auf dem Boden lag, und neben ihr hockte heulend der Trottel und rief: »Kack!«

VI

GELD OHNE ENDE

Wir fuhren auf der Autobahn nach Südosten, Richtung Königs Wusterhausen, die Scheiben waren stark getönt, und ich konnte nicht viel von der Außenwelt erkennen. Außerdem beschäftigte mich Baraschimows Vortrag, ja, er fesselte mich gar, und ich gebe ihn wortgetreu wieder, nur ohne Akzent. Mich muß man sich dabei hin und wieder stumm nickend und staunend, dann wieder ungläubig, renitent und beinahe nüchtern vorstellen.

»Lieber Herr Brandt, sicher wundern Sie sich, daß ich hier gleichsam bereitstehe, um Ihnen behilflich zu sein, wobei Sie noch gar nicht wissen können, ob und daß ich Ihnen behilflich sein will. Aber nehmen Sie es einfach mal zu meinen Gunsten an, das würde unsre Situation sehr erleichtern. Aah, die Skepsis in Ihren Augen spricht Bände. Aber es läßt sich alles erklären. Sehen Sie, als Sie neulich versucht haben, in mein Charlottenburger Häuschen einzudringen …«

»Wie bitte? Ich habe geklingelt.«

»Gilt das denn nicht als Versuch, in mein Haus einzudringen? Ich habe ja nichts von Einbruch gesagt. Hören Sie mir einfach zu. Mir war vorhergesagt worden, daß Sie an meiner Tür klingeln werden, dazu mußte man nur zwei und zwei zusammenzählen. Mein Sekretär hat Sie damals fortgescheucht, aber vielleicht war das voreilig. Ich habe begonnen, mich für Sie zu interessieren. Hab mir Ihre Musik angehört, selbst das Stück für Hamburg. Kurzum, ich habe mich über Sie erkundigt. Eingehend erkundigt. Und davon erfahren, welche Schwierigkeiten Ihnen soeben erwachsen sind, mit diesem toten Bottroper Intendanten.«

»Ich habe damit überhaupt nichts zu tun. Nichts!«

»Etwas anderes habe ich nicht behauptet. Vielleicht haben Sie aber doch ein bißchen damit zu tun. Alles hängt irgendwie mit allem zusammen, heißt es so schön im Buch der Phrasen. Einerlei. Worauf kommt es jetzt an? Nur auf eines: Ich bin Ihr *Fan*. Ich mag, was Sie machen. Ich liebe geradezu, was Sie machen. Und ich habe Geld. Geld ohne Ende. Also nicht wirklich endlos, aber – für Ihre Verhältnisse ist es wirklich *viel* Geld. Und ich möchte Sie unterstützen. Sie sollen das, was Sie gerade künstlerisch machen, unter den bestmöglich denkbaren Bedingungen zu Ende bringen.«

»Und dann?«

»Dann? Was dann? Dann ist hier vielleicht ein bißchen Gras gewachsen über gewisse Dinge … Schauen Sie nicht so mißtrauisch. Nichts dann. Ich will Ihnen nichts verkaufen, will Ihnen auch nichts abkaufen. Seien Sie einfach für ein paar Tage oder Wochen oder länger, ganz wie Sie wollen, mein Gast. Ich bringe Sie außer Landes und in Sicherheit. Sie werden ein Refugium voller Ruhe und Schönheit genießen, mit Personal, das für Sie sorgt, das Ihnen jeden Wunsch von den Lippen abliest. Es gibt keinerlei Bedingungen. Sie wären wahnsinnig, wenn Sie mein Angebot ausschlügen. Würde ich Ihnen etwas antun wollen, hätte ich das jederzeit tun können. Dieser Wagen fährt zum Flughafen Cottbus-Drewitz, dort steht eine Maschine, die uns in meine Heimat bringt. Es wird keine Kontrollen geben. Für den Fall, daß bereits nach Ihnen gefahndet wird, ist das beruhigend zu wissen, nicht wahr? Ihnen wird ein gesamtes Haus zur Verfügung stehen, machen Sie sich über nichts Gedanken.«

An diesem Punkt wurde es mir einfach zu bunt, zu ... rosafarben. Vielleicht war das alles auch nur das Blaue vom Himmel?

»Hören Sie, Herr Baraschimow, es stimmt, daß ich mal an Ihrer Haustür geklingelt habe und tatsächlich eine Spende erbetteln wollte, nicht für mich, sondern für die Musik. Für die Musik, ja? Deswegen müssen Sie sich nicht gleich Scherze mit mir erlauben. Leute wie Sie halten Leuten wie mir keinen Vortrag. Wenn Leute wie Sie einmal nicht geizig sind und etwas für Kultur übrig haben, was sehr selten vorkommt, dann sind sie diskret, kurz und knapp und haben einen anderen Ton in der Stimme, nicht diesen um Vertrauen heischenden Ton eines Teppichhändlers wie Sie grad eben. Aber wahrscheinlich träume ich das alles, und deshalb wirkt es so falsch, und gleich wache ich auf ...«

Baraschimow starrte mich an, dann feixte er, dann lachte er. »Das war gut, Herr Brandt. Sie haben mit allem recht. Aber wir steigen in zwanzig Minuten in ein Flugzeug, und ich will, daß Sie sich erlöst dabei vorkommen, nicht entführt. Übrigens – im Flieger wartet auch Ihre Freundin.«

»June? Wie kommen Sie denn zu der?«

»Ich habe mir gedacht: Was kannst du dem Maestro Brandt bieten? Die Antwort ist: alles. Fast alles. Sogar Mädchen. Was heißt ›sogar‹? Mädchen sind nicht teuer. Yachten sind teuer. Und Flugzeuge. Mädchen dagegen sind Wegwerfprodukte. Aber Maestro Brandt – eines kann ich Ihnen nicht bieten: Liebe. Also ich kann Ihnen *meine* Liebe bieten, durchaus, aber das ist eine andere Sache. Ich bin bei June vorbeigefahren und habe sie gefragt, ob sie mitkommen möchte. Sie hat ja gesagt. Ist das nicht wunderbar? Dann erst bin ich zu Ihnen gekommen.«

»Woher wußten Sie, daß ich den Ausgang zur anderen Straße nehmen würde?«

»Das sind doch technische Details, die niemanden interessieren. Überall sind Kameras. Auf Erden und im Himmel. Die kann man benutzen. So einfach.«

»Und wenn ich Sie jetzt bitten würde, anzuhalten und mich aussteigen zu lassen?«

Baraschimow seufzte und ließ übertrieben theatralisch seine Schultern fallen.

»Dann, lieber Freund, wäre ich enttäuscht. Sehr enttäuscht.«

Weiter sagte er nichts.

Ich bin von Natur aus ein Feigling. Und ein Pragmatiker. Eine Mischung, die zu einem sehr labilen Charakter führen kann. Aber auch zu einem langen Leben. Was blieb mir im Grunde übrig? Und wenn man ehrlich war – Baraschimow hatte nicht einen Moment lang, nicht einmal im subtilsten Unter- oder Oberton, bedrohlich geklungen, oder auch nur sarkastisch. Vielleicht hatte ich das große Los gezogen? Vielleicht hätte ich rasend sein müssen vor trunkenem Glück?

VII

DIE ENTSORGUNG ELIESERS

Frank Steinmann hatte seinen Onkel gründlich mißverstanden. Versorgt wissen wollte Schimon den Elieser, ruhiggestellt zwar, damit er keinen Skandal machte, aber täglich gefüttert und gewärmt sollte er sein. So, nicht anders. Frank Steinmann, der als moderner Mediziner der jüngst populär gewordenen Euthanasiebewegung nicht gerade feindlich gegenüberstand, war hingegen davon ausgegangen, daß er Eliesers Leben ein möglichst sanftes Ende bereiten sollte. Was er denn auch in die Tat umsetzte, mit Hilfe einer Überdosis Morphium. Natürlich versehentlich. Eine Verkettung unglücklicher Umstände. Niemandem brachte es was, das an die große Glocke zu hängen.

Als die leitende Stationsschwester ihrem Chefarzt am Ende eines langen Arbeitstages die Nachricht vom Dahinscheiden des Trottels überbrachte, war sie dabei sehr blaß, denn vor seinem Tod habe er in ganzen Sätzen, ja sogar in *Kommasätzen* geredet, ganz unheimlich, als sei mit der Droge ein fremder Geist in den Mann gefahren und rede aus ihm heraus.

»Das ist doch Kokolores!« meinte Frank Steinmann verärgert. »Was soll er denn Ihrer Meinung nach gesagt haben?«

»Ich hab es nicht verstanden«, gab die Schwester zu, »es muß was mit Musik zu tun gehabt haben, und es waren so viele Fremdwörter dabei.«

Steinmann herrschte die Frau an, bloß keinen solchen Mist in die Welt zu setzen, sonst fliege sie hochkant auf die Straße. Danach herrschte Ruhe.

Auf Wunsch des Schimon Steinmann sollte Elieser Gershon, das vielgeliebte Ziehkind, mit seinem ebensosehr geliebten Ledertäschchen begraben werden. Es war dies aber nicht möglich. Nicht aufgrund irgendwelcher Friedhofsvorschriften, sondern weil das Täschchen irgendwann im Krankenhaus abhanden gekommen war. Vermutlich gestohlen von einem der Pfleger. Oder von sonstwem. Man wird das nie herausbekommen. Frank Steinmann starb, zusammen mit der gesamten Belegschaft des St.-Lazarus-Spitals und 30000 anderen Menschen, im August 1944 bei den Massakern der SS im Warschauer Stadtteil Wola. Seine zweite Frau überlebte. Ihr gemeinsamer Sohn ging später wie einst sein Vater nach Deutschland und wurde in München ein hervorragender Nervenarzt.

VIII

INS KYRILLISCHE

Und was soll ich sagen: Alles war genau so, wie von Baraschimow beschrieben. June wartete auf dem Flugfeld, nahm mich in die Arme und küßte mich, wir stiegen mit dem (wie ich inzwischen erfahren hatte) Weißrussen und fünf seiner Leute in die schmucke Dornier-Propeller-Maschine, flogen dreieinhalb Stunden Richtung Osten und landeten auf dem Flughafen Brest, der weißrussischen Grenzstadt zu Polen. Von dort fuhren wir mit einem gepanzerten Kleinbus in die Pampa, weit hinaus ins Kyrillische. Wir hätten sonstwo sein können. Und dann gelangten wir an ein kasernenähnlich gesichertes Gelände, getrennt von der Landstraße durch einen im Nachmittagslicht buntleuchtenden Mischwald, gelegen an einem kleinen See. Und inmitten des Geländes stand, zartgelb gestrichen, ein Herrenhaus, eine Jugendstilvilla, aber gar nicht schnörkelig, mit ein, zwei Nebengebäuden in etwa hundert Metern Entfernung, eine Art Scheune und etwas, das ein Schwimmbad oder eine Art Turnhalle oder große Werkstatt sein mochte. Die Villa wurde gekrönt von einer Art rundem Turm, daran hingen Erker mit honiggelben runden Butzenscheiben und gläsernen Dächern.

»Ihr neues Reich!« rief Baraschimow aus. »Richten Sie sich darin ein. Fühlen Sie sich wohl und behütet. Das Personal spricht einige Worte Englisch. Kein Wunsch, sofern er einigermaßen vernünftig ist, wird Ihnen verwehrt. Und die unvernünftigen werden immerhin geprüft. Ich muß weiter nach – egal. Ich komme Sie bald wieder besuchen. Und dann, sofern Sie sich eingelebt haben, reden wir über Ihr Werk!«

Mit diesen Worten stieg er in eine Limousine, die völlig lautlos davonfuhr.

June verwandelte sich in ein staunendes Mädchen. Sie sprang umher und betatschte alles, wie um es für wahr zu befinden.

Wir suchten die Zimmer aus, die wir mit uns beleben wollten, wir gaben allen die Hand, die uns betreuen sollten. Man kümmerte sich in ergreifender Art um unser Wohlergehen. Als seien wir Staatsgäste.

Ein Koch fragte nach unseren Wünschen, machte eine Liste von dem, was wir nicht vertrugen oder verabscheuten. Ein Sommelier erkundigte sich, welchen Wein er für mich kühlen dürfe. Unsere jeweiligen Kleiderschränke enthielten Klamotten aller Art, alles in passenden Größen und aus feinstem Stoff. Sogar die Matratzen in unseren Zimmern waren genau auf unsere Bedürfnisse und Gewohnheiten hin ausgesucht. Wie und wann und woher wer genau all diese Informationen über uns gesammelt hatte, blieb rätselhaft, aber wir waren nicht neugierig genug, um Fragen zu stellen. Wir kamen uns vor wie Leute, denen die Bank versehentlich einen großen Geldbetrag überwiesen hat. Man kann es für ein paar Momente genießen, bevor der Fehler auffliegen wird. Die Künstlichkeit dieser neuen Realität war offenkundig, aber viel zu bezirzend, und wir waren wie Kinder auf einem Kindergeburtstag, denen es einzig um den heutigen Tag geht. Wir gingen schwimmen, wir sahen uns die neueste Staffel einer Serie an, die man in Deutschland noch nicht einmal illegal hätte streamen oder downloaden können. Welch riesigen Schreibtisch man mir zur Verfügung stellte! Und einen 28-Zoll-Monitor für meinen Laptop, dazu CDs mit allen Programmen, die einen Komponisten so richtig glücklich machen konnten. Ich war wie von Sinnen. Es war ein bißchen, wie wenn man schwer betrunken mit einer völlig Fremden vögelt und alle Vorsichtsmaßnahmen außer acht läßt, weil eben alles so geil ist und für den Moment nichts anderes zählt als der Moment. Es mag eine verquere Logik dahinterstecken, aber wir waren Baraschimow bis hierher gefolgt, hatten ihm vertraut, nun wollten wir konsequent genießen, was uns geboten wurde. Weil es uns geboten wurde. Am Morgen wurde uns das Frühstück ans Bett gebracht, und nicht irgendein Frühstück wie im Hotel, sondern genau das, was wir auch zu Hause gerne frühstückten. So bevorzugt würden wir nie wieder leben können. Natürlich hatte ich auch Angst. Ich bin ja nicht doof. Natürlich rechnete ich damit, daß das dicke Ende noch kommen würde. Aber was nutzte das? Ich blendete diese Gedanken bald aus. Denn nun war ich hier, und wenn sich das Ganze als eine Art … Falle oder Hinterhalt herausstellen sollte, dann wollte ich wenigstens zuvor den Köder genossen haben.

IX

STURMWIND

In den Wäldern von Janów Lubelski, im Südosten Polens, kam es im Juni 1944 zur größten und blutigsten Partisanenschlacht auf polnischem Boden. In der *Sturmwind* getauften Aktion versuchten die deutschen Verbände unter dem Oberbefehl von General Haenicke die stetig gewachsenen Partisanenverbände der *Armia Krajowa* (der polnischen Heimatarmee, die mittlerweile im ganzen Land fast 350 000 Mitglieder und Unterstützer zählte) ein für allemal zu zerschlagen.

Schließlich standen auf deutscher Seite rund 30 000 Mann sowie eine Staffel Schlachtflieger etwa 8000 irregulären Kämpfern aus polnischen und sowjetischen Partisanenverbänden gegenüber. Trotz dieser Übermacht schlug die Aktion fehl, und die Deutschen erlitten unerwartet hohe Verluste. Die Partisanen zogen sich danach, am 15. Juni, in die Wälder und Sümpfe von Janów zurück, im Glauben, die Deutschen würden ihnen dorthin nicht folgen.

Doch am 21. Juni, nach einem heftigen Bombardement durch Artillerie und Luftstreitkräfte, begann der deutsche Angriff (Aktion *Sturmwind II*) auf das zuvor eingekesselte Areal. Bei zwei spektakulären Ausbruchsversuchen verloren viele Partisanen das Leben, andere gerieten in deutsche Gefangenschaft, wenigen gelang die Flucht.

In diesen Tagen war die Krankenschwester Nadja Pawlowska für den aus Minsk stammenden Unteroffizier Dmitry Apolinary das einzig verbliebene Schöne im Leben geworden, obwohl sie soo schön eigentlich nicht war. Aber im Krieg – und vor allem im Sumpf – wird manches großzügiger beurteilt. Dmitry Apolinary, der über viele Ecken mit dem Dichter Apollinaire verwandt war und jetzt auch lieber in Paris gewesen wäre, wo er seit neuestem Hoffnung auf eine baldige Befreiung gehabt hätte, verguckte sich in die junge Frau. Und unter Hinweis auf Krieg, Sumpf, Hunger und Finsternis erstrebte er mit allerlei flapsig-priapischen Sprüchen und, manche Kleingeister werden sagen: deplazierten, weil schamlosen Komplimenten Nadjas Einverständnis, der gemeinsamen Lage noch irgend etwas Tröstliches abzugewinnen. Doch bevor diese ganz zaghaft initiierte Geschichte zur Schnulze vor grauenhaftem Hintergrund verkommen konnte, explodierte nicht weit neben dem Unterstand eine Granate und beraubte Nadja Pawlowska beider Beine. Die ohnehin hohe Wahrscheinlichkeit ihres baldigen Todes war zur fatalen Gewißheit geworden, und daß sie überhaupt noch Atem genug besaß, um ein paar verständliche Sätze zu krächzen, hätte jeden Mediziner vor Ort in Erstaunen versetzt.

Aber niemand war da, um ihr zu helfen, kein Arzt und kein Priester. Nadja starb zwei Minuten nach der Detonation in Dmitrys Armen, wobei er sich auf den bloßgelegten Schoß der Geliebten übergeben mußte.

Der Krieg hat eben auch häßliche Seiten. Festzuhalten bleibt, daß Nadja eine letzte bewußte Entscheidung in ihrem Leben traf. Sie umarmte den spuckenden Dmitry und gab ihm etwas, das sie während der ganzen Zeit im Untergrund nahe am Herzen getragen hatte. Ein Ledertäschchen war das, welches Jahre zuvor ihrer Mutter gehört hatte, Agata Pawlowska, einer angesehenen Stationsschwester, der es im St.-Lazarus-Krankenhaus zu Warschau von einem sterbenden Patienten überreicht worden war, mit der Bitte, es in Ehren zu halten, denn es sei wichtig für kommende Zeiten. Der Patient hatte keine Zeit mehr gehabt, das Wie und Warum zu erläutern, aber Details spielen, wenn man ehrlich ist, oft eine untergeordnete Rolle, und Nadja besaß einfach nichts anderes, womit sie den letzten Augenblicken ihres Lebens einen Hauch von Bedeutung verleihen konnte. Ihr tat es nun bitter leid, sich dem jungen Unteroffizier, der sie so nett und dezent begehrt hatte, aufgrund kleinlicher Skrupel verweigert zu haben. Dmitry Apolinary empfing aus ihrer Hand das Täschchen, und im nächsten Moment schon mußte er rennen, denn immer neue Granaten schlugen im Lager ein.

X

IM PARADIES

Drei herrliche Wochen verbrachte ich mit June in Baraschimows Landhaus. Der Teich war ein künstlicher und auf 25 Grad heizbar. Um eines der Details zu nennen, die das Anwesen von anderen unterschied. Der Magnat hatte nicht übertrieben. Man las uns jeden Wunsch von den Lippen ab.

Es gab einfach alles, ein Schwimmbad mit Außenpool, einen Tennisplatz, ein Dolby-Surround-Kino, einen Wellnessbereich mit Sauna, Dampfbad, Masseur und Fitneßtrainer (der arme Kerl, den keiner von uns beiden beanspruchte, sah uns immer so traurig an), ein Musikzimmer mit Flügel, eine Bibliothek, man kann sich das wie ein Siebensternehotel vorstellen. Die beiden Zimmermädchen waren äußerst hübsch, und ich glaube, sie zwinkerten mir zu, doch ich machte keinen Gebrauch von ihnen, aus Rücksicht auf June. Hätte ich damals schon gewußt … Nun ja, das Leben ist voller verpaßter Möglichkeiten, weil man, wie ich mal irgendwo gelesen habe, in jedem Moment immer nur eine Entscheidung treffen kann. Und welch grandiosen Wodka es hier gab. Und jeden Tag frische Blumen in allen Zimmern. Das fand ich eine Verschwendung, June aber gefiel es. Sie wurde Tag für Tag zärtlicher und ausgeglichener. Unweigerlich bekam ich den Eindruck, mit meinem jüngsten Karrieresprung Eindruck auf sie gemacht zu haben. Jetzt war ich nicht mehr der arme, unbezahlte Komponist, jetzt war ich Gast eines schwerreichen Mannes. Die meisten Frauen behaupten ja, daß so was in ihrem Denken keine Rolle spielt, aber daran glaub ich nicht so ganz. Und endlich war es soweit. June spielte mir keinen Orgasmus mehr vor. Ich meine, sie hatte noch keinen, aber sie war verdammt nahe dran und genoß den Sex so sehr, um für Theater keine Zeit und Kraft mehr zu haben. Das ist auch etwas und nicht ganz wenig.

Nachts arbeitete ich drei Stunden in wachsender Ekstase, bis ich betrunken und Gott ähnlich war, tagsüber arbeitete ich nüchtern das auf, was ich in der dritten Stunde der Nacht verpatzt hatte. Alles war gut. Erstaunlicherweise konnte ich hier arbeiten wie ein junger Mann am Anfang der Karriere, diszipliniert und ohne Hintergrundzynismen, ohne die Piesack-Souffleuse der Vergeblichkeit von allem. Ich trank wie immer, doch das Trinken war ein Genuß, kein Antrinken gegen etwas, nur Steigerung meines ohnehin vorhandenen Willens zum Surplus. Ich träumte wenig, und wenn doch, dann Lustvolles, und am Morgen hatte ich eine riesige Erektion aus Selbstzufriedenheit, mitsamt der Gewißheit, etwas Einzigartiges zu schaffen und bald schon zu vollenden. Ich war im Himmel, und alles ging seinen Weg wie von selbst, wie man die letzten Teile eines riesigen Puzzles legt.

Es gibt nichts Größeres in der Karriere eines Künstlers als die Ekstase, die gestillte und stillende Zuversicht, das euphorische Bewußtsein, niemand anderes auf Erden könne tun, was man gerade tut. Wenn alles läuft wie von selbst. Und alles gelingt. Wenn jeder Einfall, sei er noch so absonderlich, verwendet werden kann, als sei er einem von oben geschickt worden, von ganz weit oben, dort, wo die Götter wohnen.

Ich war im Einklang mit mir und gebenedeit. Besser beschreiben kann ich das nicht. Nein.

»Morgen bin ich fertig«, meldete ich June. »Dann feiern wir.«

»Fertig womit?« fragte sie. Ach ja. Ich hatte es ihr nie gesagt.

»Ein Projekt über Alte Musik, gegossen in neue Form. Ein Experiment.«

»Du bist ganz sicher noch nicht fertig.«

»Nein? Woher willst du das wissen?«

»Du bist noch nicht fertig!« Sie bestand darauf, wie ein kleines Mädchen.

»Na hör mal, was ist denn mit dir?«

Ihre Augen waren feucht geworden, und sie starrte mich seltsam an.

»Das ist alles noch unausgereift. Du kennst dich doch. Du bist ein Schlamper, du bist ein Säufer, dir sind bestimmt Dutzende Fehler unterlaufen, die mußt du noch ausmerzen, das kann Wochen dauern.«

Sie redete ohne Sinn und Verstand. Wenigstens verstand ich sie damals nicht. Und sie kam ganz nah an mein linkes Ohr, als ob sie daran knabbern wollte, und flüsterte: »Ich hab Angst um dich.«

Ich denke, June nahm an, daß alle Zimmer abgehört wurden, und sie fand keinen anderen Weg, um mir zu sagen, daß sie den Status quo gerne so lange wie möglich aufrechterhalten hätte. Klar, wir waren im Paradies – aber für einen Künstler, der sein Kunstwerk in die Welt hinausschicken will, verliert jedes Paradies sofort allen Reiz. Während die Welt zum Ziel wird. Wir Künstler sind meistens komplett verblödet. Und ich sagte das meiner Geliebten, in selbstkritischen Worten.

Und June? Sieht immer trauriger drein und flehentlicher, und dann, dann sagt sie einen Satz, ich bekomme ihn nicht mehr exakt zusammen, weil sie ihn vernuschelte, sie sagte: »Es ist nicht alles so, wie es scheint.« Oder etwas in der Art. Später wurde mir selbstverständlich klar, was sie mir sagen und gestehen wollte. Aber damals lag das eben noch nicht im Bereich des Denkbaren. Punkt.

In dieser Nacht schloß ich die dritte meiner Partituren ab. Es war groß. In Worten kaum wiederzugeben. Obwohl nur ein Mensch, spürte ich den ganzen Kosmos toben in meinem Kopf.

Diese Opern würden Jahrtausende überstehen, darauf kam es an. Und es muß erlaubt sein, das gründlich zu feiern. Aller irdische Glanz ist eitel und nichtig, aber unter den Scheinwerfern ist es wärmer als unten im Grab. Schon etwas betrunken, rannte ich in Junes Schlafzimmer, sie hatte ihr eigenes, weil sie morgens natürlich immer viel früher aufstand als ich und mich nicht wecken wollte, aber jetzt hatte ich eine Erektion und wollte mein Erbgut in mein Mädchen injizieren, und sie war nicht da. Ich war reichlich betrunken, um ehrlich zu sein, aber deshalb schlug ich keinen Krach im Haus, dazu bin ich nicht der Typ. Und es kam Olga, das Zimmermädchen, im Nachthemd auf mich zu und fragte, ob everything okay sei, und ich wollte erst sagen nee, weil June ist ja weg, und Olga verstand mich nicht und kam ganz nah, um mich besser zu verstehen, und dann küßte sie mich, und dann injizierte ich's eben ihr.

XI

1944, ENDE JUNI, ZWISCHEN LUBLIN UND BYCHAWA

(Aus dem Tagebuch des SS-Oberschützen Tilman K.)

Die Order las sich wie Routine. Achtzig Partisanen sollten erhängt werden. Um Munition zu sparen.

Die Lastwagen lieferten uns jeweils zwanzig. Wir hätten diese Schweine in eine Scheune sperren und verbrennen können, aber das wäre eine Sauerei gewesen und ein grausamer Tod, den ich nicht auf mein Gewissen laden wollte. Einem nach dem anderen legten wir die Schlinge um den Hals, sie zappelten kurz – und starben schnell. Manches Genick wollte nicht brechen, dann ging es nicht schnell, und ich erlaubte meinen Leuten, daß sie in so einem Fall nachhalfen, dann sprangen sie den Baumelnden an und gaben seinem Körper den erlösenden Ruck. Niemand, der nicht krank im Kopf ist, hört sich gern das Geröchel von Sterbenden an. Unsre Aufgabe war nicht leicht. Die Partisanen waren zumeist Männer, aber auch ihre Frauen und Kinder waren dabei. Ich dachte nach wegen der Kinder, aber wo sollten sie hin, sie würden niemanden finden, der sie versorgte, es gab kaum etwas zu essen, es war vernünftig, sie zu erlösen, auch wenn das wirklich nicht schön aussieht. Man muß es sich immer vergegenwärtigen: Diese Leute haben gemordet, hatten deutsche Soldaten gemordet und würden es wieder tun.

So taten wir, was uns aufgetragen wurde, und räumten Gefühlen keinen Platz ein. Kinder werden zu Männern, und Frauen gebären Kinder, die zu Männern werden. Hundert Leute weniger mußten medizinisch versorgt und gefüttert werden. Das Mehr an Verpflegung kam unmittelbar unsrer Truppe zugute, die sich zuletzt oft sehr hatte einschränken müssen. Krieg kann nicht unter zivilrechtlichen Bedingungen betrachtet werden. Krieg ist der Kampf der Völker auf Leben und Tod. Dem hohen Ziel ist alles andere untergeordnet, ansonsten wartet die Niederlage auf den, der seine Menschlichkeit nicht zu zügeln weiß.

Trotzdem drehten ein paar von uns durch, bekamen sentimentale Anwandlungen, versagten vor der großen Aufgabe, zitterten wie Mädchen und kotzten sich auf die Füße. Die Arbeit, um die sie sich drückten, mußten dann ihre Kameraden für sie miterledigen. Ich gab Anweisung, zwei ziemlich hübschen Frauen irgendwas übers Gesicht zu ziehen, eine Kapuze, einen Schal, ein Stück Stoff, was eben da war. Der Anblick einer erhängten Schönheit kann bedrückend sein. Später wurde ich für diese Entscheidung gelobt, das sei ein rühmlicher Fall von Fingerspitzengefühl gewesen. Ich denke, man kann in jeder Situation, egal in welcher, durch Kleinigkeiten etwas verbessern oder erträglicher gestalten.

Wenn ein Volk ums Überleben ringt, wie unseres, ist Mitleid fehl am Platz, dann muß durchgegriffen werden mit aller Konsequenz. Aber man muß deswegen unsren eigenen Leuten nicht zuviel zumuten. Noch vor einem Jahr hätten die hübschen Frauen vielleicht überlebt und wären in ein Lagerbordell gekommen. Wenn man darüber nachdachte – welche Verschwendung von Arbeitskraft.

Ein Detail will ich festhalten: nämlich, daß die Kinder ihren Tod recht gelassen hinnahmen, da war noch nichts, was nach Aufruhr schrie und Verweigerung. Viel schlimmer und widerspenstiger gerierten sich die Alten, teilweise eine Schande war's, wie die noch um Sekunden kämpften, geradezu peinlich, wenn sie ihre politischen Verblendungen hinausbrüllten, im letzten Moment. Andere quasselten die ganze Zeit von ihrer Unschuld, sie seien nur zufällig hier, seien aufgegriffen worden ohne Grund.

Bestimmt gab es solche Fälle. Ein paar vielleicht. Wahrscheinlich hatten die Unsrigen sich aus dem Dorf gegriffen, wer eben des Wegs kam. Aber wem kann daran liegen, in so einer Hölle lange zu leben?

Später werden unsre Kinder und Enkel uns fragen: Wie habt ihr das geschafft? So Ungeheuerliches zu vollbringen und keinen Schaden zu nehmen an eurer Seele?

Die Träume in den Nächten sind eigenartig.

Wir sind keine Mörder, wir tun, was uns befohlen ist, andere, weit über uns, wissen viel mehr. Wir sind nur kleine Lichter in einem Weltfeuerwerk. Aber der Krieg hat vielen von uns eine Bedeutung verliehen, die kein wie auch immer geartetes Zivilleben ermöglicht hätte. Herr sein über Leben und Tod, das hört sich ergreifender an, als es ist. Herren über Leben und Tod gibt es in jedem Schlachthof. Lieber stünde ich an der Front, würde Heldentaten vollbringen, die man im Geschichtsbuch nachlesen kann. Aber was wir tun, die Drecksarbeit, um es so zu nennen, fordert vielleicht sogar noch viel mehr Mut und Entschlossenheit.

Der Sieg ist eine Frage der totalen Konsequenz. Hinterher, im siegreichen Frieden, sind neue Verhandlungen möglich, dann kann man über etwaige Härten diskutieren und sich auch mal die Hand reichen in Erinnerung an das Notwendige.

Totale Konsequenz. Das sagte ich mir immer wieder. Wenn ein Krieg verlorengeht, war alles, alles, jede Anstrengung, jede übermenschliche Leistung, jede Heldentat umsonst. Das ist unfaßbar, es schwindelt einen, wenn man sich das vorstellt. Heute hat der Feind im Norden wieder Gelände gewonnen.

Eben gab es eine kleine Belohnung vom Bataillonskommandanten. Drei Flaschen Bier. Für zwölf Männer. Und die Beute wurde gebracht. Die Schweine tragen oft mehr bei sich, als man denken möchte, aber wenn man drüber nachdenkt, ist es logisch, sie tragen, was sie noch haben, am Körper. Die Brieftaschen kamen auf den Tisch, das herausgebrochene Zahngold, die Ringe und Halsketten und Amulette und so weiter. Viele haben ihre Wertsachen in der Unterwäsche versteckt, weswegen man dort nachsehen muß. Und manche scheißen sich in die Hose, wenn sie baumeln. Wie aus Boshaftigkeit. Damit wir uns die Hände an ihnen noch schmutziger machen müssen

Von Geld und Gold und Schmuck nahm ich mir nichts, das wollte ich nicht, obwohl es moralisch wirklich nichts daran auszusetzen gibt, Dinge an sich zu nehmen, die ansonsten nur in der Erde verrotten. Mir gefiel aber ein Ledertäschchen, das ziemlich alt aussah und hübsch verziert war, das wollte ich für meinen Tabak haben.

XII

DIE GEBURT

June war verschwunden, aber inzwischen hatte ich gelernt, daß das so ihre Art sein konnte. Dafür kam Baraschimow zurück. Er umarmte mich, als seien wir gute alte Freunde, dann bat er mich in den Garten.

»Ich hoffe, Sie genießen Ihren Aufenthalt.«

»Das tue ich. Vielen Dank.«

»Ich werde Ihre Musik promoten, wenn Sie es mir erlauben. Ich habe ein eigenes Verlagshaus gegründet, das sich einzig Ihren Werken widmen wird. Und eine kooperierende Plattenfirma ist auch schon gefunden. Bald läuft eine Großaktion an, bei der Ihre Opern unter führenden Opernhäusern versteigert werden. Natürlich nicht in Deutschland. In Deutschland pfeift man auf das Publikum. In Deutschland herrscht immer noch die erzreaktionäre Avantgarde von vor fünfzig Jahren. Sie hätten sich nie an deutsche Theater wenden sollen. Vergebliche Mühe – und sehr frustrierend. Wir gehen nach England, Amerika, nach China von mir aus – und dann, eines Tages, schwappt der Erfolg nach Deutschland zurück. Und das ist nur der Anfang. Ihre Opern werden dereinst die Welt erobern, das reimt sich, ein gutes Zeichen!«

Was soll ich sagen? Er sprach mir aus dem Herzen. Er trat bei mir offene Türen ein. Auch wenn sein Enthusiasmus derart übertrieben klang, daß ich mich mehrmals zwickte. Vielleicht träumte ich ja einen Morphiumtraum voll schönlicher Projektionen. Doch prompt kam der Pferdefuß. Baraschimow senkte die Stimmlage um eine Terz.

»Eine Bedingung ist allerdings an all das geknüpft.«

»Eine Bedingung?«

»Das Wort klingt viel zu hart für das, was es ist. Keine Bedingung, nein, eher eine Voraussetzung. Ein Geschenk. Von mir – für Sie.«

»Jetzt bin ich aber gespannt.«

»Um das noch einmal zu sagen: Ich *liebe* Ihre Musik. Sie ist schön und bedeutend. Aber es gibt nichts auf Erden, das perfekt ist. Nichts, das nicht noch optimiert werden könnte.«

In diesem Moment, als wir uns auf die Veranda setzten, kam jemand um die Ecke, sah uns und drehte wieder um, ohne zu grüßen. Ich erkannte ihn wieder, wußte ihn aber nicht sofort zuzuordnen. Dann fiel es mir ein. Es war der Typ, der mich vor Monaten in Charlottenburg, als ich an Baraschimows Pforte stand, vertrieben hatte, mit eigenartigen Worten.

»Wer war der dicke Mann eben?« fragte ich.

»Das ist mein Sekretär. Warum?«

»Ich bin ihm schon mal begegnet. In Charlottenburg. Und ich glaube, ich habe ihn auch in Hamburg beim Konzert gesehen.«

»Er war dort. In meinem Auftrag. Das ist Helmut Krausser. Kennen Sie ihn?«

»Der Schriftsteller? Im Ernst?«

»Sie kennen ihn? Das wird ihn freuen.«

»Ein paar seiner Bücher kenne ich. Wieso sollte jemand wie er als *Ihr Sekretär* arbeiten?«

»Weil ich ihn mir *leisten kann*, lieber Freund.«

Baraschimow feixte. Und erzählte mir die Geschichte bereitwillig.

»Eines Tages stand Krausser vor mir, ähnlich wie Sie es vorgehabt haben, und bat um meine Unterstützung. Ich hatte seinen Roman *Melodien* mit Begeisterung gelesen. Nun stand dieser wunderbare Autor vor mir, verarmt, denn er hatte sein gesamtes Geld für Recherchen ausgegeben. Und diese Recherchen hätten einiges ans Licht gebracht, das ist eine lange Geschichte, die darin mündete, daß ein gewisses Lederbeutelchen, das mir nichts sagte, von einem gewissen Tralala, der mir nichts sagte, an einen gewissen Schubidu, der mir noch weniger sagte, weitergegeben wurde und schließlich bei einem gewissen Dmitry landete, der mir auch erst nichts sagte. Dieser Dmitry sei von der SS gefaßt und in Ostpolen ermordet worden mit neunundsiebzig anderen, die meisten davon unschuldige Zivilisten. Und jetzt kommt's: Krausser teilte mir mit, daß jener Dmitry, der mir nichts gesagt hatte, mein Großonkel Dmitry Apolinary gewesen ist. Somit wurde ich, was ich als Ehre empfand, ein winziger Ableger eines winzigen Teils einer großen Geschichte. Und konnte ein viel größerer Teil dieser Geschichte werden. Ich stellte Krausser alle

Geldmittel zur Verfügung, die er brauchte, und tatsächlich fand er nach und nach heraus, wer die einzelnen Mitglieder dieses SS-Tötungskommandos waren, wo ihre Nachkommen wohnten, und nach fünf Jahren Forschung in meinen Diensten übergab er mir das Lederbeutelchen.«

»Was kann«, fragte ich verwirrt, »so großartig sein an einem Lederbeutelchen?«

»Na ja, recht wenig. Außer dem Inhalt.«

Baraschimow entnahm seiner Aktentasche einen Lederbeutel, zog an den Schlaufen, öffnete ihn und zeigte ihn mir. Er war leer.

»Mein Sekretär meint, Sie seien der Richtige. Er sagte, es gäbe Bessere, aber die seien schon tot oder zu alt und zu bekannt.«

Ich verstand kein Wort.

»Worum geht es bitte?«

»Nun, um den Inhalt dieses Täschchens.«

»Dieses Täschchen hat aber gar keinen Inhalt.«

»Doch!« insistierte Baraschimow. »Der Inhalt dieses Täschchens ist nur eben grade woanders.«

»Wo denn?«

Er deutete auf einen Umschlag, der die ganze Zeit vor uns auf dem Couchtisch gelegen hatte. Mit einem Handzeichen forderte er mich auf, hineinzusehen. Ich holte ein Konvolut von etlichen Papierbögen heraus, altes dünnes Papier, ich wußte sofort, was es war. Das konnte doch nicht sein. Die Noten lagen in Berlin, in einem sicheren Versteck, ich würde sie niemals mit nach Weißrußland geschleppt haben. Leibhaftig lagen sie in

Berlin. Und in meinem Kopf lagen sie auch, weil ich sie auswendig gelernt hatte.

»Ich möchte, daß Sie dieses Notenmaterial studieren und in Ihre Opern einarbeiten. So, daß es organisch wirkt. Ihre Opern werden dadurch um einiges besser werden, und Sie werden berühmt sein, und die Gattung der Oper wird einen neuen ungeahnten Aufschwung erfahren. Die Leute werden sich darum schlagen, Ihre Opern hören zu dürfen. Man wird kilometerweit Schlange stehen und riesige Summen zahlen, um eine Ihrer Opern hören zu dürfen, neue Opernhäuser werden gebaut werden, nur um die Nachfrage nach Ihren Opern zu befriedigen!«

»Und im Gegenzug verspeisen Sie meine Seele oder was?«

Baraschimow verstand den Scherz nicht, vielleicht weil meine Frage nur halb als Scherz gemeint war.

»Nein, lieber Freund, ich bin doch nicht der Teufel. Ich meine es wirklich gut. Ich verlange gar nichts. Nehmen Sie diese Melodien und lassen Sie sie auf dem Boot Ihrer Opern hinaus in die Welt segeln, gekleidet in ein großes, prächtiges Orchester. Für die bestmögliche Wirkung. Mit der richtigen Musik ändern wir alles. Alles folgt der Musik. Die Kleidung, Philosophie, Politik, die Jugend, selbst die Frisuren, alles, alles folgt der Musik! Geben Sie sich Mühe, lassen Sie sich Zeit. Mit Ihrer Hilfe wird Großes geschehen, und etliche Irrwege des 20. Jahrhunderts werden ausgelöscht sein. In einem unfaßbaren Moment, wenn die Musik wieder jene Macht haben wird, die sie einmal gehabt hat.

Es wird Uraufführungen geben, bei denen das Publikum schreit und sterben will in Seligkeit. Schreien werden natürlich auch die Idioten, die Verblendeten, sie werden sich gegen jede Vernunft spreizen, sie werden in ihrer Verzweiflung dazwischenbrüllen, werden Ihr Werk verlächerlichen wollen, aber jede der Melodien wird deren ekligen Protest hinwegwischen, in die Hölle verdammen – und es wird sein, als wären diese Deppen nie dagewesen oder nur ein böser Traum am letzten Ende einer perversen Epoche. Alles, was groß war und immer noch groß ist, wird noch größer sein und immer größer werden. Weil Sie und ich am Strang der Stränge ziehen. Weil Sie und ich unendlich viel erschaffen werden. Sie als der Künstler. Ich als Ihr Agent und Prophet.«

»Halleluja!« sagte ich.

»Amen!« sagte er.

Der Mensch hatte sich wirklich rhetorisch verausgabt, und er schien zu zittern, beseelt von seiner Vision.

»Und was genau haben *Sie* davon?«

»Als wäre die Musik nicht genug! Ansonsten … wirklich nichts, außer einem kleinen Dank. Die Opern sollen mir gewidmet sein, das gehört sich so – und mein Name wird bleiben bis in alle Ewigkeit.«

Ich hätte vielleicht schweigen sollen, natürlich, hinterher sagt sich das leicht.

»Herr Baraschimow, hören Sie, theoretisch könnten wir darüber reden. Aber ich kann das alles nicht tun.«

»Warum denn nicht?«

»Weil ich es schon getan *habe*.«

»Wie bitte?«

»Ich habe diese Melodien bereits in meine Opern integriert. Seit vielen Wochen tue ich nichts anderes. Heute Nacht bin ich damit fertig geworden.«

Wir schwiegen uns eine Weile an. Wie um zu erkunden, inwieweit wir einander trauen konnten.

Baraschimow dachte lange nach und räusperte sich, mehrmals, als kitzele ihn etwas in der Kehle.

»Bedeutet das«, fragte er, »daß wir jederzeit ein Orchester mieten und sie uns anhören könnten?«

»Das könnten wir.«

»Und woher wollen Sie die Noten bekommen haben?«

»Von einer Blondine um die sechzig in einem preußischblauen Jogginganzug. Sie hieß Tamara.«

»Aha?«

In diesem Moment betrat der dicke Mann im schwarzen Anzug die Veranda und knipste Baraschimow aus. Ich meine nicht, daß er ihn erschoß oder sonstwie tötete oder auch nur verletzte. Er schnippte einfach mit den Fingern, und Baraschimow, obwohl er saß, blieb stehen, wie ein Spielzeug, dessen Batterie leergelaufen ist. Er blieb stehen beziehungsweise sitzen, mit diesem unglaublich verdutzten Gesichtsausdruck, wie jemand, der sich veralbert fühlt und nichts mehr begreift.

Der dicke Mann im schwarzen Anzug musterte mich und nickte kurz.

»Hallo, Marius. Ich bin Helmut Krausser. Gratuliere. Sie haben den finalen Sinn Ihres Daseins erreicht.«

Ich verstand nicht, aber ich hatte mich vielleicht verhört. Es war sicher nicht ganz verkehrt, diesem Menschen eine Art Lächeln als Antwort zu schenken. Ein Lächeln kann man später revidieren. Er setzte sich mir gegenüber und zupfte an seinem Kinn herum, während er mich keine Sekunde aus den Augen ließ.

»Von nun an werden Sie direkt mit mir zu tun haben. Ich bin der, der künftig für alles verantwortlich zeichnet. Ich habe Verständnis dafür, wenn Sie im Moment konfus sind. Wir befinden uns in einem limitierten Raum, und über und unter uns gibt es Welten ganz eigener Art und Natur. Sie müssen vorläufig nur wissen, daß ich Ihnen nicht feindlich gesinnt bin, auch wenn Sie wahrscheinlich das Gegenteil annehmen.«

»Ich nehme«, sagte ich, »von jedem Menschen erst mal nur das Beste an. Das genau ist oft mein Problem gewesen.«

Wir gaben uns die Hand. Wie man das eben so macht.

»Und was«, fragte ich, »ist mit *ihm*?« Ich deutete auf die leblose Puppe neben mir.

»Baraschimow? Er ist ein wirklich guter, reicher, beinahe selbstloser Mensch. Eben irreal. Wir brauchen ihn nicht länger. Die Opern sind fertig? Dann bringen wir sie zur Welt!«

Ich wußte nicht, was genau er sagen wollte.

»Wieso *wir*?«

»Sie haben recht. Wieso wir? *Ich*. Ich ganz allein.«

Sosehr diesen Menschen mit seinem geröteten, grobporigen Gesicht und dem schlechtsitzenden Anzug etwas Lächerliches umgab, wirkte er nicht nur ekelhaft, sondern zunehmend auch unheimlich. Plötzlich, auf ein Schnippen hin, hatte er meinen Laptop auf dem Arm, wie ein Kind. Gibt es etwas Widerlicheres, als jemanden, der mit den Fingern schnippt? Allein schon das Geräusch ... Auch ein sehr unangenehmer Geruch ging von ihm aus. Und der Ton seiner Stimme erst ... Aufgeblasen ist kein Ausdruck. Was hatte er mit meinem Laptop vor?

»Hören Sie, Marius, Sie werden mich dafür verfluchen, aber ich muß Ihnen die Melodien leider abnehmen. Ich könnte das jetzt und hier einfach und ohne viel Worte tun, aber ich will vorher mit Ihnen reden, denn Sie sollen *verstehen*. Mit unsereins redet niemand, wir gehen dahin und verstehen recht wenig. Wie groß und mächtig man auch ist, es gibt immer Zusammenhänge höherer Natur, außerhalb des eigenen Horizonts. Aber Ihnen will ich das Nötigste sagen, denn das haben Sie sich durch gute Arbeit verdient.«

»Aha?« Wahrscheinlich sah ich gerade dem stillgelegten Menschen neben mir sehr ähnlich.

Krausser begann mir zu flüstern, was er für das Nötigste hielt.

»Es ging um die Große Transformation. Die Melodien waren in der Literatur geboren, und ich mußte also hinein in die Literatur und sie herausholen zu uns, wo sie gebraucht werden. Ich habe eine Mission, und da ich selbst von Musik nicht genug verstehe, brauchte ich einen, sozusagen ... Mittelsmann. Jemanden, den ich hineinschicken konnte in die Musik. Das waren Sie. Es bedeutet nicht, daß Ihr Leben sinnlos und ferngelenkt ist. Keineswegs. Es ist ein großes und wichtiges Leben. Übrigens: *Alles ist gut* dürfen Sie behalten. Das Stück gehört Ihnen. Wird ja auch unter Ihrem Namen gespielt, auf YouTube, nicht wahr? Also. Die Melodie darin war mal jene, die Feinden den Tod bringen sollte. Heute wirkt sie nicht mehr so stark, aber es wird immer mal wieder, wenn sie in Konzertsälen gespielt und zum ersten Mal gehört wird, Herzstillstände geben. Das ist doch was: Marius Brandt, der Schöpfer der *Todesmelodie*. Das wird ein Klassiker. Das gefährlichste Stück aller Zeiten.«

»Machen Sie sich gerade über mich lustig? Wovon reden Sie genau, wenn Sie sagen, *die Melodie, die Feinden den Tod bringen sollte*?«

»Haben Sie nie meine *Melodien* gelesen? Nein?«

Selbstverständlich hatte ich vor etlichen Jahren mal *Melodien* gelesen, wie hierzulande jeder klassische Musiker, der über ein gewisses Maß an literarischer Bildung verfügt. Ein Magier erschafft im 16. Jahrhundert die Tropoi, Melodien, die in Menschen Gefühle aller Art auslösen und magische Wirkung erzielen. Ein sehr dickes, aber ganz gutes Buch, nebenbei. Krausser als Mensch hingegen war von Anfang an unangenehm. Zum Kotzen. Um das so zu sagen. Ein eitler Kotzbrokken – und mir gegenüber sehr überheblich. Alles an ihm quoll über vor Eitelkeit, und selbst jetzt noch, fett, aufgequollen, im Gesicht die Spuren jahrzehntelanger Ausschweifung, wirkte er selbstverliebt und egomanisch.

»Die Melodien, die von Castiglio erfunden und von Pasqualini pervertiert wurden, Sie erinnern sich, Marius? Es gab wohl doch noch in der päpstlichen Kapelle, bei irgendeinem der Kastraten, eine Abschrift, und irgendwie – wahrscheinlich wollte jemand aus der Kurie sie an einen Nicht-Christen loswerden – gelangte diese Abschrift um 1690 nach Polen, an einen Warschauer Rabbi, der sie sowohl als weiß- wie schwarzmagisch, als theurgisch wie goetisch, als Teufels- wie als Gotteswerk betrachtete. Man dürfe sie nicht aufführen, aber auch nicht zerstören. Nach hundert Jahren wurden sie einmal, als das Original zu brüchig geworden war, abgeschrieben, von seinem Urenkel Mordechai, dabei entstanden leider ein paar kleinere Fehler, sonst wären diese Melodien wohl noch viel wirksamer, als sie es ohnehin sind. Die Noten haben vieles überlebt, sogar den letzten Weltkrieg, gefunden hab ich sie im Nachlaß eines SS-Mannes, der 1947 gehängt wurde. Seine Familie hat die Papiere damals nur deshalb nicht weggeworfen, weil er ihnen sonst nichts hinterließ. Solche Zufälle umwehen unser Geschick.«

War dieser Mensch schwachsinnig? Hatte er sich so stark in die eigene Fiktion hineingedacht, daß er plötzlich annehmen konnte, seine Erfindungen hätten Arme und Beine bekommen und wären in die reale Welt ausgewandert? Glaubte dieser Mensch allen Ernstes an Magie? Das war ja völlig bescheuert. Wir befanden uns plötzlich nicht mehr auf einer weißrussischen Veranda, seltsam, wir waren in einem riesigen Opernhaus, und ein Orchester spielte, und jeder der Musiker war tot. Und auf allen Sitzen und in allen Logen hockten kleine Kinder. Schon irgendwie beeindruckend. Aber nur ein Trick. Nur irgendein Trick. Ich meine, selbst wenn man die sehr weitherzige Definition gelten ließ, daß der Begriff Magie jedwedes Phänomen einer wissenschaftlich nicht begründbaren Ursache beschreibt, dann könnte man wirkungsmächtiges Melos zwar im poetischen Sinne als Magie bezeichnen, okay, aber dieser in seiner Verstiegenheit unerträgliche Mensch schien sich selbst als Magier in einem mittelalterlichen Sinne zu verstehen. Mit allen kruden Ausgeburten der menschlichen Phantasie. Und wie herablassend er mit mir redete. Und was wollte er letztendlich? Mir die Melodien abnehmen? Stand er unter Drogen? Wir befanden uns plötzlich nicht mehr in einem Opernhaus, seltsam, wir waren bei mir zu Hause, wir standen vor meinem Schreibtisch. Höchste Zeit, ihm die Meinung zu geigen.

»Lieber Herr Krausser, entschuldigen Sie, wenn ich ein Spielverderber bin. Bei allem Respekt für Ihr Buch, aber das ist doch nur, und ich meine dieses ›nur‹ nicht abschätzig, aber es ist ein – *Roman*! Diese Melodien aus dem 16. Jahrhundert haben Sie *erfunden*, die gab es nie wirklich. Krantz und Täubner und Castiglio und Pasqualini sind Romanfiguren!«

Man muß immer auf die Mundwinkel achten, sie bilden die Auskunftspunkte des Gesichts, mehr noch als

Augenlider und Schläfenmuskeln. Ich betrachtete seine Mundwinkel, sie glichen den Lefzen einer Bulldogge, so häßlich. Aber sie zeigten nicht die geringste Reaktion. Gerade mal seine Oberlippe bewegte sich ganz kurz, zu einer halb angedachten Schnute.

»Lieber Marius – wissen Sie das so sicher? Sie meinen, weil *Roman* draufsteht, kann und darf keine Wahrheit drin sein? Und betrachten wir es mal andersherum: Woher können Sie die letzte Gewißheit beziehen, daß Sie«, er deutete pistolenartig, also mit Zeige- und Mittelfinger auf mich, »nicht auch nur eine Romanfigur sind?«

Das war Rabulistik. Spiegelfechterei. Krausser war entweder ein grober Scherzbold oder geisteskrank, und ich bekam ein wenig Angst, allein mit ihm im Raum.

»Ihre Opern sind, nebenbei gesagt, wirklich ganz gut. Mit den Melodien werden sie zu echten Perlen. Leider sind die Libretti beschissen. Sie hätten bessere Vorlagen wählen müssen. Ich werde mir neue Texte ausdenken. Das wird ein Riesenhaufen Arbeit, der neue Text muß ja zu jeder Regung der Musik passen. Na, wenn es einer kann, dann ich.«

»Sie? Warum? Was haben *Sie* mit *meinen* Opern zu schaffen?«

»Ihre Opern? Die Melodien darin habe *ich* erfunden, das sagten Sie doch selbst, also sind es meine. Und selbst wenn es Ihre mal waren oder immer noch *wären* – es geht hier nicht um *mich* oder *Sie*. Es geht um die Zukunft der Oper. Dazu sind Opfer nötig. Sie machen heute den Anfang.«

Kraussers Bösartigkeit verschlug mir den Atem. Wie er es genoß, mich vorzuführen. Ja, ich wurde mir selbst vorgeführt. Am schlimmsten war, daß er manchmal so tat, als tue es ihm leid. Dieses Aas.

»Muß ich Ihnen alles vorkauen? *Ich* habe Ihnen im April die Melodien vorbeibringen lassen. Tamara und Jerzy sind *meine* Geschöpfe. Der reale Jerzy, Ihr exhibitionistischer Hausmeister, war keine Minute seines Lebens im Warschauer Ghetto. Dort nicht und auch nicht bei der Schlacht in Janów Lubelski oder bei sonst einem Gemetzel. Aber er hätte es sein *können*. Ein Teil von ihm war also dort, nämlich seine Möglichkeit, die er einmal dazu hatte. Der Magier benutzt diese Folie. Das ist das Wesen der Großen Transformation. Alles ist real und alles ist möglich, aber nicht beides zugleich, darum erschaffen wir Räume, in denen wir die Zeit wechseln können. Werden zu Zeitentaumlern. Sie haben es doch am eigenen Leib gespürt, so sehr haben die Melodien auf Sie abgefärbt. Wissen Sie noch? Das, was Sie *Timesurfing* nannten? Mit ein wenig Übung beherrscht man die Zeiten, vom Plusquamperfekt bis hin zum Futur – und Dämonen sind inzwischen sehr preiswert geworden. Anderes ist einfach Routine. Sonja hab ich Ihnen, na, sagen wir: abgeworben. Ich bin jener neue *Mann aus dem Netz* gewesen. So was kostet mich ein Lächeln und die Verwandlung in eine schlanke Gestalt. Auf dem Papier kann ich das sein. Glauben Sie, ich wollte Sie quälen? Nein. Sonja war eine Sau, *die* hätte Sie gequält, nicht ich. Ich hab Ihnen June vorbeigeschickt, eine frische Verliebtheit, damit

Schwung in die Bude kommt. Für Ihre Inspiration. Das war doch *nett* von mir. Ihre Begriffsstutzigkeit gegenüber der Verschlüsselung der Melodien ging mir auf die Nerven, ich habe gewartet, bis Sie mal wieder stinkbesoffen waren, hab Sie angerufen und Ihnen einen Tip gegeben, das haben Sie am nächsten Morgen vergessen, dermaßen blau waren Sie. *So* war das. Ich habe Ihre billigen kleinen Phantasien bedient, ich habe Ihr Selbstwertgefühl gestärkt. Mir war klar, daß Sie die Melodien in Ihre Opern einbauen würden, mir war das recht, Sie *sollten* sogar so handeln. Ich wollte Ihnen der bestmögliche Geburtshelfer sein. Die Welt braucht neue gute Opern. Ihre Opern. Die besten, die momentan aufzutreiben sind. *Die* konnte ich leider weder irgendwo kaufen noch selbst erfinden. Weil es mir nicht *möglich* war. Verstehen Sie? Da mußte ein Fachmann ran. Jetzt sind Sie endlich fertig damit. Sehr gut. Aber wissen Sie was?«

»Was denn noch?« Mir platzte beinahe der Kopf. Krausser wurde wieder eine Spur leiser, als würde er sich vor sich selbst schämen. Aber solche Typen schämen sich nie.

»Diese Opern müssen in MEINEM Namen erscheinen, ICH muß den Kopf dafür hinhalten und wohl leider, als banalen Nebeneffekt, auch den Ruhm einsakken. Warum? Weil ich grausam und gierig bin? Nein. Der Grund ist sehr einfach, mein Freund. Selbst wenn Sie es sich nicht mit fast allen Intendanten im deutschen Sprachraum verdorben hätten, wären *Sie* nicht geeignet. Denn, und das wird Ihnen jetzt bitter schmekken – SIE existieren nicht. Nicht wirklich. Ja, schauen Sie nicht wie ein Auto, es ist so. Es *gibt* Sie nicht. *Mich*, lieber Marius, gibt es. Gucken Sie bei Wikipedia nach. Sehen Sie es ein. Entschuldigung, wenn nun *ich* der Spielverderber bin.«

Sein Gerede verwirrte mich ein wenig. Krausser nahm auch meinen zweiten Laptop (woher …?) und steckte ihn in seine Aktenmappe. Ich suchte ihn zu hindern. Er sah mich an, und ich stürzte zu Boden. Er mußte nicht einmal mit den Fingern schnippen. Meine Beine verweigerten jeden motorischen Befehl. Dieses Arschloch. Noch einmal drehte er sich zu mir um.

»Warum regen Sie sich so übertrieben auf? Ihnen ist an Ruhm gelegen? Eiei, wie eitel! Aber bitte sehr, dieses Buch wird Ihnen ja gerecht. Dieses Buch, in dem wir uns befinden, ist mein Geschenk an Sie. Ich schreibe alles aus Ihrer Sicht und sage darin die Wahrheit. Alles, was wir hier und jetzt sprechen, werde ich genau so schreiben, die reine, unverfälschte Wahrheit, im Wissen darum, daß genau dann kein Mensch je daran glauben wird. Sie wollten nicht als Dieb dastehen – ich will es auch nicht. Wer will das schon? Im Grunde haben wir alle nur Angst, eines Tages nicht mehr hier, sondern vergessen zu sein. Wissen Sie, Marius: Sie müssen sich keine Sorgen machen. *Sie* werden immer hier sein. Immer. Und eben nicht dort, wo ich bald bin. In der Erde. In Frieden. Sie sind im Grunde unsterblicher als ich. Setzen Sie sich. Machen Sie es sich bequem. Holen Sie sich ein Glas Wein. Wenn Ihnen fade ist, gehen Sie an den Anfang von Kapitel 2, da ist June, da ist sie frisch und ihr Zauber noch groß. Ich muß jetzt los. Wünschen Sie mir Glück!«

Sagt das miese Scheusal und geht, mit *meinen* Opern, zur Tür hinaus. Unfaßbar. Jetzt sitze ich hier. Ich müßte aufstehen und ihm hinterherrennen. Doch sitze ich hier. Ich müßte aufstehen und hinterher-

Schwere Schritte hallen durch die Wohnung. Etwas Gewaltiges rumpelt gegen die Wände. Als würde ein Koloß gleich die Tür zum Arbeitszimmer aufbrechen. Ich kann meine Beine nicht bewegen. Meine einzige Chance, am Leben zu bleiben, scheint darin zu bestehen, daß ich dieses Buch jetzt, sofort, be-

Helmut Krausser unterbrach seine Schriftstellerkarriere Anfang 2012 und schrieb binnen zweier Jahre drei abendfüllende Opern. Einige Dramaturgen an führenden deutschen Opernhäusern haben fest versprochen, gelegentlich hineinzusehen.

Davon abgesehen ist der zurückliegende Text ein Roman. Jedwede Ähnlichkeit mit lebenden oder toten Personen wäre zufällig und bestürzend. Der Roman, um noch exakter zu sein, trägt unter anderem Züge einer Satire wie jede ehrliche Beschreibung der Welt. Alle Figuren, alle!, sind erfunden – und Dramaturgen sind fast immer sehr hart arbeitende Menschen.

BONUSMATERIAL

Deleted Chapter (ursprünglich nach 3-VIII)

Banshee und Bapfo flanierten durch die Fußgängerzone. Hinter ihnen schlugen die Flammen orangerot gegen den nächtlichen Himmel und beleuchteten etliche wunderschöne bläulichgraue Wolken, die wie Mumien da oben schwebten. Überall heulten Sirenen von Feuerwehren und Sanitäts- und Polizeifahrzeugen.

Banshee studierte eine jüngst vom Meister gesandte To-do-Liste und strich Frankfurt durch. Morgen würden sie in Bremen sein, dann in Hamburg.

»Und danach?« Bapfo hatte sich eben zweimal fallen lassen müssen, denn Frankfurt war eine Hochburg der Ignoranz gewesen.

»Viele Städte. Viele. Wir sind unterwegs bis weit ins nächste Jahr hinein.«

»Dank sei dem Meister!« entfuhr es Bapfo.

Doch plötzlich stand er vor ihnen. ER. Mitten auf der Zeil. In all seiner unvergleichlichen Herrlichkeit. Natürlich nur eine Projektion, denn er war vermutlich weit weg, an einem anderen Ort, aber wenn er wollte, konnte er überall sein. Immer.

Wenn der Meister sich ihnen zeigte, das wußten die Dämonen aus Erfahrung, gab es Ärger.

Banshee, die Uralte, warf sich vorauseilend zu Boden und legte sich die Brüste schützend über den Kopf. Bapfo stand ein wenig blöd und ungelenk herum und begriff die Lage nicht so schnell. Plötzlich wuchs der Meister zu einer riesigen Gestalt an, mehr als dreißig Meter hoch – und dann ließ er sich auf den verdutzten Dämon herunterkrachen, schleuderte ihn zu Boden – und das beeindruckte den armen Bapfo schon sehr. Seit den Tagen der Götter war derlei nicht mehr vorgekommen.

Die Stimme des Meisters klang zornig, aber ein wenig aufgesetzt zornig, nicht nach frischem Zorn, eher nach einem Groll, der länger darüber nachgedacht hatte, ob er grollen wollte.

»Erst Bottrop, dann Frankfurt! Ihr könnt nicht jedes Opernhaus in diesem Land *abfackeln*! Wo sollen meine Werke denn mal aufgeführt werden? Hört auf, die Häuser anzuzünden! Ein für allemal. Na gut, Hamburg noch, von mir aus, das ist wirklich häßlich. Danach konzentriert euch auf die, die es verdient haben!«

Und der Meister überreichte seinen Erfüllungsgehilfen eine lange Liste von Namen. Die Dämonen kreischten vor Vergnügen. Ein wenig übertrieben vielleicht, um dem Meister zu gefallen.

»Damit wir uns klar verstehen: Ihr sollt sie nicht töten! Nur ein bißchen quälen!«

Mit diesen Worten verschwand der Meister vor ihren Augen, katapultierte sich in den Himmel, und die Wolken verhüllten seinen Anblick.

Banshee und Bapfo waren verwirrt. Sie rieben sich die Augen und kratzten sich am Kopf.

»Wie meint er das bloß? Ein *bißchen quälen*? Wie stellt er sich das vor?« Bapfo sah beinahe empört drein.

Banshee steckte sich einen Finger in ihre einst alleswissende Musch und roch daran. Das Orakel half ihr noch manchmal, dies und das zu deuten. Heute half es rein gar nicht.

»So diffus hat sich der Meister noch nie ausgedrückt.«

»Nein. Man bekommt Angst, Banshee! Vielleicht ist er krank?«

Bapfo erschrak und preßte sich beide Handflächen auf den Mund, als habe er nicht bedacht, daß der Meister alles zu sehen und zu hören vermag. Banshee gönnte ihm einen mitleidigen bis strafenden Blick und entrollte die Liste mit den Namen.

»Wahrscheinlich wollte er sagen, daß ihre Qualen nicht durch einen schnellen Tod beendet werden dürfen, sondern unendlich ausgedehnt werden sollen.«

Bapfo dachte nach und nickte zustimmend. Ja doch. Ein anderer Schluß war aus dem Gesagten nicht zu ziehen.

Und langsam, noch etwas benommen, zogen die Geschöpfe der Finsternis weiter in Richtung Norden.